PESCAR
TRUTA
NA
AMÉRICA

Richard Brautigan

PESCAR TRUTA NA AMÉRICA

Tradução de
JOSÉ J. VEIGA

1ª edição

Rio de Janeiro, 2019

CIP-BRASIL. CATALOGAÇÃO NA PUBLICAÇÃO
SINDICATO NACIONAL DOS EDITORES DE LIVROS, RJ

Brautigan, Richard, 1935-1984

B835p   Pescar truta na América / Richard Brautigan; tradução
de José J. Veiga. – 1ª ed. – Rio de Janeiro: José Olympio, 2019.

Tradução de: Trout fishing in America
ISBN 978-85-03-01286-7

1. Ficção americana. I. Veiga, José J. II. Título.

CDD: 813
18-47798   CDU: 821.111(73)-3

Bibliotecário: Rocha Freire Milhomens – CRB-7/5917

Copyright © Richard Brautigan, 1967

Capa: Lola Vaz
Imagem de capa: Biodiversity Heritage Library

Este livro foi revisado segundo o novo Acordo Ortográfico da Língua
Portuguesa.

Todos os direitos reservados. Proibida a reprodução, armazenamento
ou transmissão de partes deste livro, através de quaisquer meios,
sem prévia autorização por escrito.

Reservam-se os direitos desta tradução à
EDITORA JOSÉ OLYMPIO LTDA.
Rua Argentina, 171 – 3º andar – São Cristóvão
20921-380 – Rio de Janeiro, RJ
Tel.: (21) 2585-2000

Seja um leitor preferencial Record.
Cadastre-se em www.record.com.br
e receba informações sobre
nossos lançamentos e nossas promoções.

ISBN 978-85-03-01286-7

Impresso no Brasil
2019

Para Jack Spicer e Ron Loewinsohn

Bem-vindo!
Você está a poucas páginas de distância de
Pescar truta na América

Certas tentações deveriam estar num museu de História da Ciência, bem ao lado do Spirit of St. Louis, o avião de Lindbergh.

SUMÁRIO

A capa de *Pescar truta na América*	13
Bate na madeira (primeira parte)	17
Bate na madeira (segunda parte)	19
Lábio vermelho	23
Ki-suco para o Bebum	27
Outra maneira de fazer ketchup de nozes	31
Prólogo ao "Riacho Grider"	35
Riacho Grider	37
O balé para Pescar Truta na América	39
Um lago Walden para bebuns	41
Riacho Tom Martin	45
Pescar truta entre tumbas	47
Mar, viajante do mar	51
A última vez que a truta chegou ao riacho Hayman	59
Porto Mata Truta	63
A autópsia de Pescar Truta na América	69
A mensagem	71
Terroristas da pesca de truta na América	75
Pescar Truta na América com o FBI	81
Worsewick	85
O projeto de mandar o Anão da Pesca de Truta na América para Nelson Algren	89
O Prefeito do Século XX	95

No paraíso	97
O gabinete do Doutor Caligari	99
Os coiotes do sal	103
A truta corcunda	107
Teddy Roosevelt esteve aqui	113
Capítulo de rodapé ao "Projeto de mandar o Anão da Pesca de Truta na América para Nelson Algren"	121
Brinquedo de criança, brinquedo de banqueiro	123
Hotel Pescar Truta na América, quarto 208	127
O cirurgião	135
Nota sobre a febre de camping que assola a América	139
De volta à capa do livro	145
Os dias no lago Josephus	149
Pescar truta na Rua da Eternidade	153
A toalha	163
Caixa de areia menos John Dillinger é igual ao quê?	165
A última vez que vi Pescar Truta na América	169
Na flora californiana	175
Última referência ao Anão da Pesca de Truta na América	181
Passeata Pescar Truta na América Pró-Paz	183
Capítulo de rodapé a "Lábio Vermelho"	187
O ferro-velho de Cleveland	189
Meio domingo de homenagem a um Leonardo da Vinci inteiro	199
Bico de pena de Pescar Truta na América	201
Prelúdio ao "Capítulo da maionese"	205
Capítulo da maionese	207

A CAPA DE

PESCAR TRUTA NA AMÉRICA

A capa de *Pescar truta na América* é uma fotografia tirada à tardinha. Um retrato da estátua de Benjamin Franklin na Washington Square de São Francisco.*

Nascido em 1706 e falecido em 1790, Benjamin Franklin está de pé sobre um pedestal que mais parece uma casa decorada com móveis de pedra. Numa das mãos ele segura uns papéis; na outra, o chapéu.

A estátua fala, na sua linguagem de mármore:

DOADA POR
H. D. COGSWELL
A NOSSOS
MENINOS E MENINAS
QUE LOGO OCUPARÃO
NOSSOS LUGARES
E PASSARÃO.

---

* Para esta edição usamos a fotografia na quarta capa.

Em volta do pé da estátua, quatro palavras, cada uma voltada para um dos rumos deste mundo, dizem, a leste, BEM-VINDO, a oeste, BEM-VINDO, ao norte, BEM-VINDO, ao sul, BEM-VINDO. Atrás da estátua há quatro choupos, quase sem folhas a não ser nos galhos altos. A estátua fica na frente da árvore do meio. Em toda a volta a grama está molhada das chuvas do começo de fevereiro.

Ao fundo fica um cipreste alto, quase escuro como um quarto. Adlai Stevenson discursou debaixo dessa árvore em 1956, diante de uma multidão de quarenta mil pessoas.

Do outro lado da rua, em frente à estátua, há uma igreja alta, com cruzes, torres, sinos e uma porta enorme que parece a entrada de um gigantesco buraco de rato, talvez de um desenho de Tom e Jerry, e, acima da porta, as palavras "Per L'Universo".

Por volta das cinco horas na tarde da minha capa para *Pescar truta na América*, umas pessoas se reúnem no parque do outro lado da rua, em frente à igreja — pessoas famintas.

É hora do sanduíche dos pobres.

Mas eles não podem atravessar a rua enquanto não for dado o sinal. Aí todos correm para a igreja e pegam seus sanduíches embrulhados em jornal. Depois voltam para o parque e abrem o jornal e veem o que tem no sanduíche.

Uma tarde um amigo meu desembrulhou o sanduíche e encontrou apenas uma folha de espinafre. Mais nada.

Foi Kafka que conheceu a América lendo a autobiografia de Benjamin Franklin...

Kafka que disse: "Gosto dos americanos porque são sadios e otimistas."

BATE NA MADEIRA

(PRIMEIRA PARTE)

Quando foi mesmo, na minha infância, a primeira vez que ouvi algo sobre pescar truta na América? Deve ter sido um padrasto meu.

Verão de 1942.

O velho bêbado me falou sobre pescar truta. Quando ele conseguiu falar, definiu a truta como se ela fosse um metal precioso e inteligente.

Prateado não é bom adjetivo para definir o que senti quando ele me falou sobre pescar truta.

Vamos acertar isso.

Talvez aço de truta. Aço feito de truta. O rio claro, coberto de neve, queimando e fundindo.

Pensem em Pittsburgh.

Um aço que vem da truta, usado na construção de prédios, trens e túneis.

O Andrew Carnegie de truta!

A resposta de Pescar truta na América:

Me lembro com uma alegria única... Pessoas com chapéu de três pontas pescando ao amanhecer.

BATE NA MADEIRA

(SEGUNDA PARTE)

Numa tarde de primavera, em minha infância na estranha cidade de Portland, cheguei a uma esquina diferente e vi um corredor de casas velhas, encostadinhas umas nas outras como focas num rochedo. Depois vi um campo comprido que descia por um morro. O campo era coberto de capim verde e de arbustos. No alto do morro havia um bosque de árvores altas e escuras. Vi também, ao longe, uma cachoeira correndo morro abaixo. Era comprida e clara, e quase cheguei a sentir os pingos frios que a rodeavam.

Deve haver um riacho lá, pensei, e deve ter truta. Truta.

Finalmente uma oportunidade de pescar truta, de pegar minha primeira truta, de contemplar Pittsburgh.

Já escurecia. Não tive tempo de ir ao riacho. Voltei para casa, passando pelos bigodes de vidro das casas, que refletiam o movimento veloz das cachoeiras da noite.

No dia seguinte eu iria pescar truta pela primeira vez. Levantaria cedo e tomaria café e pronto. Disseram que a melhor hora de pescar truta é de manhã cedo. A truta é bem melhor. De manhã ela tem algo de especial. Fui para casa me preparar para pescar truta na América. Eu não tinha os apetrechos de pesca, por isso precisei improvisar.

Como piadas.

Por que a galinha atravessou a estrada?

Entortei um alfinete e o amarrei na ponta de um cordão branco.

E fui dormir.

Na manhã seguinte acordei cedo e tomei café. Peguei um pedaço de pão para servir de isca. Minha intenção era fazer bolinhas do miolo para pôr no meu anzolzinho vodevilesco.

Saí e fui andando até a esquina da rua. Como era lindo o campo e também o riacho que descia o morro em uma cachoeira.

Mas quando cheguei perto do riacho vi que havia alguma coisa errada. O riacho não estava agindo da forma correta. Havia qualquer coisa estranha nele. Alguma coisa no movimento da água. Cheguei mais perto para ver o que estava acontecendo.

A cachoeira era apenas um lance de degraus de madeira branca que se estendia até uma casa entre as árvores.

Fiquei ali muito tempo, olhando para cima e para baixo, acompanhando os degraus com os olhos, sem conseguir acreditar.

Aí bati no meu riacho e ouvi o ressoar da madeira.

No fim eu mesmo era a minha truta, e eu mesmo comi o naco de pão.

A resposta de Pescar Truta na América:

Não tinha o que fazer. Eu não podia transformar um lance de degraus num riacho. O rapaz voltou para o lugar de onde viera. O mesmo aconteceu comigo uma vez. Lembro que achei que uma velha de Vermont era um riacho cheio de trutas, e tive de pedir desculpas.

— Desculpe — eu disse. — Pensei que a senhora fosse um riacho de truta.

— Não sou — ela disse.

LÁBIO VERMELHO

Dezessete anos depois eu estava sentado numa pedra. A pedra ficava debaixo de uma árvore perto de um barraco abandonado que tinha um aviso do xerife pregado na porta como coroa fúnebre.

NÃO ENTRE
4/17 DE UM HAIKAI

Muitos rios e milhares de trutas correram terra abaixo ao longo desses dezessete anos, e agora ao lado da rodovia e do aviso do xerife corria mais um rio, o Klamath, e eu tentava descer cinquenta quilômetros de rio até Steelhead, o lugar onde eu morava.

Era muito simples. Ninguém parava para me dar carona, embora eu estivesse carregado de apetrechos de pesca. Geralmente as pessoas param e dão carona a pescadores. Tive de esperar três horas para conseguir carona.

O sol parecia uma enorme moeda de cinquenta cents que alguém mergulhara em querosene e acendera com um fósforo, para então pedir: "Segure isto enquanto vou comprar um jornal", e depois colocar a moeda em minha mão sem nunca mais voltar.

Eu tinha andado quilômetros e quilômetros até chegar à pedra debaixo da árvore e me sentar. Toda vez que passava um carro, o que acontecia mais ou menos de dez em dez minutos, eu me levantava e erguia o polegar como se meu dedo fosse um cacho de bananas, e me sentava de novo.

O velho barraco tinha uma cobertura de lata que os anos haviam tingido de uma cor avermelhada, como a de um chapéu usado que tivesse ficado debaixo da lâmina de uma guilhotina. Um canto da cobertura estava solto e um vento quente soprava rio abaixo e o canto solto estalava com o vento.

Passou um carro. Um casal de velhos. O carro quase saiu da estrada e caiu no rio. Acho que eles não estavam acostumados a ver pessoas pedindo carona por ali. Quando o carro fez a curva, os dois viraram a cabeça para me olhar.

Sem nada mais para fazer, comecei a caçar insetos voadores com minha rede de pesca para me distrair. Era assim: eu não corria atrás deles. Deixava que voassem até mim. Isso dizia algo sobre meu modo de pensar. Peguei seis.

A uma pequena distância do barraco havia um banheiro com a porta violentamente aberta. O interior da cabine estava exposto como um rosto humano, e a privada parecia dizer: "O velhote que me ergueu cagou aqui nove mil setecentos e quarenta e cinco vezes e hoje está morto e não quero que ninguém mais toque em mim. Era um bom sujeito. Me construiu com carinho. Me deixe em paz. Agora sou um monumento a um bom cu que se foi. Não há mistério aqui. É por isso que a porta está aberta. Se quer cagar, vá no mato, como os veados."

— Foda-se — eu disse à privada. — Só quero uma carona rio abaixo.

KI-SUCO PARA O BEBUM

Quando eu era pequeno tive um amigo que ficou viciado em ki-suco por causa de uma hérnia. Era de uma família alemã bem numerosa e pobre. Todos os outros meninos da família trabalhavam na lavoura no verão, colhendo feijão a dois centavos e meio o quilo para sustentar a família. Todos trabalhavam, menos meu amigo, que não podia trabalhar por causa da hérnia. Eles não tinham dinheiro para uma operação. Não havia dinheiro nem para lhe comprar uma cinta. Então ele ficava em casa, e se tornou um viciado em ki-suco.

Uma manhã de agosto fui à casa dele. Ele ainda estava deitado. Ergueu os olhos para mim de dentro de uma confusão de cobertores velhos. Ele nunca tinha dormido debaixo de um lençol.

— Trouxe o níquel que pedi?

— Está aqui no meu bolso — respondi.

— Que bom.

Pulou da cama já vestido. Ele já me dissera uma vez que nunca tirava a roupa para dormir.

— Pra que tirar? Vou me levantar depois. O negócio é estar preparado. Você não engana ninguém quando tira a roupa para dormir.

Ele foi à cozinha pisando com jeito no espaço entre as criancinhas menores, cujas fraldas molhadas estavam em vários estágios de anarquia. Preparou uma refeição: uma fatia de pão caseiro coberta de Karo e manteiga de amendoim.

— Vamos — disse.

Saímos, ele ainda comendo o sanduíche. A loja ficava a três quarteirões, do outro lado de um terreno coberto com um vigoroso capim vermelho. Havia faisões no terreno. Gordos de verão, mal voavam quando chegávamos perto.

— Olá! — disse o atendente. O homem era careca e tinha um sinal de nascença vermelho na cabeça. O sinal parecia um carro velho estacionado na cabeça dele. Ele automaticamente pegou um pacote de ki--suco de uva e pôs no balcão.

— Cinco centavos.

— Ele paga — disse meu amigo.

Meti a mão no bolso e entreguei o níquel ao lojista. Quando ele pegou a moeda, o calhambeque vermelho oscilou na estrada, como se o motorista estivesse sofrendo um ataque epiléptico.

Saímos.

Meu amigo foi na frente. Um dos faisões nem pensou em voar. Apenas saiu correndo adiante de nós, como um porco coberto de penas.

Quando chegamos à casa do meu amigo, começou o cerimonial. Para ele, a preparação do ki-suco era um romance e uma cerimônia. Tudo precisava ser feito de maneira correta e com dignidade.

Primeiro ele pegou um vidro de quatro litros, e então fomos para o corredor lateral da casa. No meio de uma poça de lama, a bica brotava do chão como o dedo de um santo.

Ele abriu o ki-suco e despejou o pozinho no vidro. Pôs o vidro debaixo da torneira e abriu-a. A água saiu chiando, espirrando e gargarejando.

Ele ficou atento para que o vidro não transbordasse e o precioso ki-suco não fosse parar na lama. Quando o vidro se encheu, ele fechou a torneira com um movimento rápido mas delicado como o de um famoso cirurgião que retira de um cérebro um pedacinho arruinado da imaginação. Depois apertou bem a tampa do vidro e deu-lhe uma boa chacoalhada.

Estava cumprida a primeira parte do cerimonial.

Como o sacerdote inspirado de um culto exótico, ele tinha cumprido corretamente a primeira parte.

A mãe dele veio ao corredor e disse numa voz cheia de areia e intenção:

— Quando é que você vai lavar a louça? Hein?

— Já, já — disse ele.

— Acho bom — disse ela.

Quando ela saiu, foi como se não tivesse falado uma palavra. A segunda parte do cerimonial começou com meu amigo carregando o vidro com todo o cuidado para um galinheiro abandonado no fundo do quintal.

— A louça pode esperar — disse-me ele. Bertrand Russell não teria dito algo melhor.

Ele abriu a porta do galinheiro e entramos. O lugar estava cheio de revistas em quadrinhos meio apodrecidas. Eram como frutas debaixo da árvore. Num canto havia um colchão velho e quatro vidros pequenos. Ele levou o vidro grande para perto dos menores e os encheu com todo o cuidado para não derramar uma gota sequer. Atarraxou bem as tampas e já estava pronto para um dia de curtição.

Um pacote só dá para fazer dois litros de ki-suco, mas meu amigo sempre fazia quatro. Com isso o ki-suco dele não passava de uma sombra do que devia ser. E é preciso também acrescentar uma xícara de açúcar para cada pacote, mas ele nunca colocava açúcar no ki-suco que fazia, simplesmente porque não tinha açúcar.

Ele inventou a própria realidade ki-suquídica e com ela conseguia se iluminar.

OUTRA MANEIRA DE
FAZER KETCHUP DE NOZES

E este é um pequenino livro de receitas para pescar truta na América, como se Pescar Truta na América fosse um rico gastrônomo e namorasse Maria Callas e eles comessem juntos numa mesa de mármore à luz de lindas velas.

Compota de maçã

Pegue uma dúzia de maçãs douradas, descasque-as bonitinho e tire o miolo com um canivete pequeno; coloque-as na água até ficarem bem escaldadas; então retire um pouco de água, junte açúcar e algumas maçãs fatiadas; deixe ferver até virar um tipo de calda; despeje-a nas maçãs e enfeite com cerejas secas e casca de limão cortada bem fininha. Tome muito cuidado para as maçãs não desmancharem.

Enquanto os dois comiam as maçãs, Maria Callas cantava para Pescar Truta na América.

Massa comum para grandes tortas

Reserve uns seis quilos de farinha e ponha três quilos de manteiga para ferver em quatro litros de água; separe a camada de cima e junte com a farinha, retirando a mínima quantidade possível do líquido. Mexa até virar uma massa pastosa. Divida em porções e deixe esfriar. Depois dê a cada porção a forma que desejar.

Pudim de colher

Reserve uma colher de farinha, uma colher de creme de leite, um ovo, uma noz-moscada pequena, gengibre, sal. Misture tudo e leve para ferver numa vasilha de madeira por meia hora. Se quiser, pode juntar algumas groselhas.

Pescar Truta na América disse: "A lua está nascendo." E Maria Callas disse: "Sim, está."

Outra maneira de fazer ketchup de nozes

Pegue nozes verdes, antes de formada a casca, e pulverize em um moedor ou soque em um pilão de mármore. Coloque-as num pano grosso e torça-o para tirar o caldo. Junte meio quilo de enchovas para cada quatro litros de caldo, e a mesma quantidade de sal, quatro pitadas de pimenta da Jamaica, duas de pimenta vermelha e duas de pimenta do reino; acrescente noz-moscada, cravo, gengibre, uma pitada de cada, e uma lasca de raiz-forte. Ferva tudo até reduzir o volume à metade. Despeje num pote. Quando esfriar engarrafe, tampe bem as garrafas e reserve. Em três meses a mistura estará pronta para ser usada.

Pescar Truta na América e Maria Callas comiam hambúrgueres com ketchup de nozes.

PRÓLOGO AO "RIACHO GRIDER"

Mooresville, Indiana, é a cidade de John Dillinger, e lá tem um Museu John Dillinger. Pode-se entrar e olhar.

Umas cidades nos Estados Unidos são conhecidas como a capital do pêssego ou a capital da cereja ou a capital da ostra; há sempre um festival e a foto de uma garota linda de maiô.

Mooresville, Indiana, é a capital de John Dillinger.

Há pouco um cara se mudou para lá com a mulher e descobriu centenas de ratos no porão de casa. Eram ratos enormes, lerdos, de olhar infantil.

Quando a mulher foi passar uns dias com parentes, o homem saiu e comprou um 38 e muitas balas. Desceu ao porão onde viviam os ratos e começou a atirar. Os ratos nem ligaram. Fizeram de conta que era um filme e começaram a comer os companheiros mortos como se comessem pipocas.

O homem chegou perto de um rato que comia um amigo e encostou o revólver na cabeça do rato. O rato não se mexeu, continuou comendo. Quando o cão da

35

arma deu aquele estalinho para trás, o rato parou de mastigar e olhou para o lado com o canto do olho. Primeiro, para o revólver, depois, para o homem. Era um olhar cordial, como se dissesse "quando mamãe era moça cantava como Deanna Durbin".

O homem puxou o gatilho.

Não tinha senso de humor.

Tem sempre um filme único, um programa duplo e um filme eterno passando no Grande Teatro de Mooresville, a capital de John Dillinger.

RIACHO GRIDER

Ouvi dizer que lá dava muito peixe e que a água era clara, quando todos os outros grandes riachos tinham água barrenta devido à neve que desce das montanhas Marble.

Ouvi também que havia trutas do Leste, no alto das montanhas, em diques de castores.

O cara que dirigia o ônibus escolar fez um mapa do riacho Grider, indicando os lugares bons de pescar. Estávamos na frente das cabanas Steelhead quando ele fez o mapa. Era um dia quentíssimo. Devia estar nuns 38 graus.

Era preciso ter carro para ir ao lugar onde havia os melhores peixes no riacho Grider, e eu não tinha carro. Mas o mapa era muito bem-feito. Desenhado com lápis grosso num pedaço de papel de saco. Com um quadradinho assim □ para indicar uma serraria.

O BALÉ PARA PESCAR TRUTA
NA AMÉRICA

O lírio-cobra pegando insetos é um balé para
Pescar Truta na América, balé a ser apresentado na
Universidade da Califórnia em Los Angeles.

A planta está aqui ao meu lado na varanda do fundo.

Ela morreu dias depois que eu a trouxe da
Woolworth. Isso foi há meses, na época da eleição
presidencial de 1960.

Enterrei a planta numa lata de Metrecal vazia.

Um lado da lata diz "Metrecal dietético para
controle do peso", e, mais embaixo, "Sólidos de leite
desnatado, farinha de soja, sólidos de leite integral,
sucrose, amido, óleo de milho, óleo de coco, fermento,
aroma artificial de baunilha", mas a lata agora é um
cemitério para o lírio-cobra, que já secou, ficou pardo
com manchas pretas.

Como coroa fúnebre a planta tem um botão vermelho, branco e azul, com a frase "Estou com Nixon".

A fonte de energia do balé é uma descrição do
lírio-cobra. Essa descrição pode ser usada como ta-

pete de boas-vindas na varanda da frente do inferno ou para reger uma orquestra de papa-defuntos com instrumentos de sopro gelados ou ainda para servir de carteiro atômico nos pinheiros, onde os raios do sol nunca alcançam.

"A natureza dotou o lírio-cobra de meios para apanhar comida. A língua bífida é coberta de glândulas de mel para atrair os insetos que servirão de alimento. Uma vez capturado, o inseto não pode sair porque os pelos voltados para dentro não deixam. Os líquidos digestivos ficam na base da planta.

"A noção de que é preciso alimentar o lírio-cobra com hambúrguer é errônea."

Espero que os dançarinos façam um belo trabalho, eles têm a nossa imaginação presa a seus pés ao dançarem em Los Angeles para Pescar Truta na América.

UM LAGO WALDEN PARA BEBUNS

O outono levou com ele, como a montanha-russa de uma planta carnívora, o vinho do porto e as pessoas que bebiam desse escuro vinho doce, pessoas que já se foram há muito tempo — exceto eu.

Sempre de olho na polícia, bebíamos no lugar mais seguro que encontramos, o parque na frente da igreja.

No meio do parque havia três choupos e uma estátua de Benjamin Franklin na frente deles. Bebíamos porto sentados ali.

Em casa, minha mulher estava grávida.

No fim do expediente, eu telefonava do trabalho e dizia: "Demoro um pouco a chegar. Vou tomar um drinque com amigos."

Nós três nos reuníamos no parque para conversar. Os dois eram artistas fracassados de Nova Orleans, onde faziam desenhos de turistas no Canto dos Piratas.

Agora em São Francisco, com o vento frio do outono castigando, eles haviam decidido que o futuro só oferecia dois caminhos: ou abriam um circo de pulgas ou entravam para um asilo de doidos.

Era disso que falavam enquanto bebiam vinho.

Falavam de como era possível vestir pulgas colando pedacinhos de papel colorido nas costas delas.

Diziam que a melhor maneira de adestrar pulga é acostumá-la a depender do treinador para comer. Isso é possível quando o treinador deixa que ela chupe o sangue dele a horas certas.

Falavam em fazer carrinhos de mão para pulga, e mesas de bilhar, e bicicletas.

Poderiam cobrar cinquenta centavos de entrada para o circo de pulgas. O projeto tinha futuro garantido. Talvez fossem até contratados para o show de Ed Sullivan.

Era verdade que ainda não tinham as pulgas, mas era fácil arranjá-las com um gato branco.

Depois passaram a achar que as pulgas que moram em gatos siameses devem ser mais inteligentes do que as que moram em gatos vira-latas. É claro que beber sangue inteligente faz a pulga ficar inteligente.

Assim continuavam até a conversa acabar e comprávamos outra garrafa de vinho do porto e voltávamos para as árvores e Benjamin Franklin.

Já estava quase escurecendo e a terra começava a esfriar de acordo com as normas da eternidade e as secretárias voltavam dos escritórios da rua Montgomery como pinguins. Elas nos olhavam com pressa e pensavam: bebuns.

Aí os dois artistas falavam de entrar para um asilo de doidos no inverno. Diziam que lá devia ser quentinho, teriam televisão, lençóis limpos em camas fofas, purê de batata com molho de carne moída, baile uma vez por semana com as cozinheiras, roupa limpa, lâmina trancada e lindas estudantes de enfermagem.

Sim, o asilo de doidos era um caso a pensar. Um inverno passado ali não seria de todo tempo perdido.

RIACHO TOM MARTIN

Certa manhã saí de Steelhead e fui acompanhando o rio Klamath, que estava cheio e turvo e tinha a inteligência de um dinossauro. O Tom Martin é um riachinho de água limpa e fria que sai de uma grota funda, passa por um canal debaixo da rodovia e deságua no Klamath.

Joguei uma isca em um poço formado logo adiante do canal de onde sai o riacho e peguei uma truta de vinte centímetros. Um peixe lindo, que se debateu todo até chegar à superfície do poço.

Mesmo sabendo que o riacho era bem pequeno e nascia de uma grota cheia de gravetos e ervas venenosas, decidi segui-lo correnteza acima porque gostei do jeito e do movimento da água.

E gostei do nome também.

Riacho Tom Martin.

É bom dar nomes de pessoas a riachos e depois segui-los por algum tempo e ver o que oferecem, o que sabem e como estão se arranjando.

Mas esse riacho era um bom filho da puta. Tive que suar em minha caminhada: havia espinheiros, ervas venenosas e quase nenhum lugar bom para pescar. Tinha lugares onde a grota era tão estreita que o riacho parecia água saindo de torneira. Às vezes o terreno era tão ruim que eu ficava parado, sem saber para que lado me virar.

Só um encanador consegue pescar nesse riacho.

Depois daquela primeira truta fiquei sozinho ali. Mas só soube depois.

PESCAR TRUTA ENTRE TUMBAS

Os dois cemitérios ficavam perto um do outro em dois morrinhos, e entre eles corria o riacho dos cemitérios, um riachinho lento, de acompanhar enterro em dia quente, cheio de trutas-maravilha.

Os defuntos não se opunham a que eu pescasse lá.

Um dos cemitérios tinha abetos altos, e a grama era como Peter Pan, quero dizer, não crescia, e era verde o ano todo graças a umas bombas que puxavam água do riacho, e o cemitério tinha grandes túmulos de mármore e esculturas e lápides.

O outro cemitério era dos pobres e não tinha árvores e a grama era de um marrom de pneu furado no verão e continuava assim até que a chuva, como um mecânico competente, viesse cuidar dela no fim do outono.

Não havia lápides de primeira para os mortos pobres. As marcas eram tabuinhas que mais pareciam o bico de um pão seco:

O LESADO E DEVOTO PAI DE
TRABALHOU ATÉ A MORTE A AMADA MÃE DE

Uns túmulos tinham vidros e latas de conservas com flores murchas:

CONSAGRADO
À MEMÓRIA
DE JOHN TALBOT
QUE AOS DEZOITO ANOS
TEVE A BUNDA ESTRAÇALHADA
NUM INFERNINHO
I DE NOVEMBRO DE 1936
ESTE VIDRO DE MAIONESE
COM FLORES MURCHAS
FOI POSTO AQUI HÁ SEIS MESES
POR SUA IRMÃ
QUE HOJE ESTÁ
NO MANICÔMIO.

O tempo cuidará desses nomes como um cozinheiro quebra ovos numa grelha de lanchonete perto de uma estação de trem. Mas os ricos terão os nomes por muito tempo gravados em *hors d'oeuvres* de mármore como cavalos puro-sangue trotando pelos caminhos luminosos que levam ao céu.

Pesquei no riacho dos cemitérios ao crepúsculo quando a comporta estava fechada e arranjei umas trutas muito boas. O que me chateava era a pobreza dos mortos.

Uma vez, quando limpava as trutas antes de ir para casa já de noite, imaginei que eu ia ao cemitério dos pobres e juntava capim e vidros e latas de conserva e tabuletas e flores murchas e besouros e ervas daninhas e torrões de terra e tocava para casa e pegava um an-zol e colocava nele uma isca de todas essas coisas e ia lá fora e lançava tudo para o céu, e via a minha obra flutuar sobre as nuvens até chegar à estrela Vésper.

MAR, VIAJANTE DO MAR

O dono da livraria não era mágico. Não era um urubu de três patas no lado dente-de-leão da montanha.

Era, naturalmente, judeu, um marinheiro mercante aposentado que fora torpedeado no Atlântico Norte e ficara boiando dias e dias até que a morte disse não. Tinha uma mulher jovem, um infarto, um Fusca e uma casa em Marin Country. Gostava de ler George Orwell, Richard Aldington e Edmund Wilson.

Aprendera tudo da vida aos dezesseis, primeiro com Dostoiévski, depois com as putas de Nova Orleans.

A livraria era um estacionamento de cemitérios usados. Milhares de cemitérios arrumadinhos em filas como automóveis. A maioria dos livros eram obras esgotadas, ninguém queria lê-los mais e as pessoas que os haviam lido tinham morrido ou se esquecido deles, mas pelo processo orgânico da música os livros tinham recuperado a virgindade. Ostentavam seus antigos copyrights como novos himens.

Entrei nessa livraria uma tarde depois do trabalho no ano terrível de 1959.

No fundo da loja tinha uma cozinha onde o dono fazia um denso café turco num bule de cobre. Bebi café e li livros velhos e esperei o ano acabar. Tinha um quartinho em cima da cozinha.

Olhando para baixo pelas frestas das cortinas chinesas, dava para ver a livraria. O quarto tinha um sofá, uma cristaleira com coisas chinesas e uma mesa e três cadeiras. Havia um banheiro pequenininho ligado ao cômodo como um relógio de bolso.

Uma tarde, sentado num tamborete na loja, li um livro em forma de cálice. As páginas eram alvas como gim. Na primeira tinha isto:

BILLY

THE KID

NASCIDO A

23 DE NOVEMBRO

DE 1859

NA CIDADE

DE NOVA YORK

O dono da livraria se aproximou, pôs um braço em meu ombro e disse: "Quer trepar?" A voz transmitia bondade.

— Não — respondi.

— Está cometendo um erro — disse ele. E, sem dizer mais nada, saiu da loja e parou um casal de desconhecidos que passava. Conversou rapidamente com eles. Não ouvi o que diziam. Apontou para mim na loja. A mulher fez que sim com a cabeça, depois o homem fez o mesmo.

Entraram na livraria.

Fiquei encabulado. Eu não podia sair porque eles vinham entrando pela única porta, então resolvi ir ao banheiro. Me levantei rapidamente e fui ao fundo da loja e subi para o banheiro, eles me seguindo.

Eu ouvia os passos deles subindo a escada.

Fiquei muito tempo no banheiro e eles ficaram muito tempo esperando no quarto. Ninguém falava nada. Quando saí do banheiro a mulher estava nua, deitada no sofá, e o homem estava sentado numa cadeira com o chapéu no colo.

— Não se incomode com ele — disse a mulher. — Essas coisas não o abalam. Ele é rico. Tem três mil oitocentos e cinquenta e nove Rolls Royces.

A moça era linda demais. O corpo era como um límpido rio de pele e músculos correndo sobre pedras de osso e nervos ocultos numa montanha.

— Vem — disse ela. — Me molhe por dentro porque somos Aquário e eu te amo.

Olhei para o homem sentado na cadeira. Ele não sorria nem mostrava tristeza.

Tirei os sapatos e a roupa. O homem calado.

O corpo da moça se mexia delicadamente de um lado para o outro.

Eu não podia fazer outra coisa porque meu corpo era como pássaros pousados em fios de telefone esticados mundo afora, nuvens agitando os fios delicadamente.

Trepei com a garota.

Foi como o eterno quinquagésimo nono segundo no momento em que se torna um minuto e parece meio encolhido.

— Esplêndido — disse a garota, e me beijou no rosto.

O homem continuou sentado sem falar nem se mexer nem emitir qualquer emoção para o quarto. Ele devia *mesmo* ser rico e ter três mil oitocentos e cinquenta e nove Rolls Royces.

A moça se vestiu e os dois saíram. Desceram os degraus, e na saída o homem enfim falou.

— Vamos jantar no Ernie?

— Não sei... — disse a moça. — É cedo para pensar em jantar.

Ouvi o barulho da porta se fechando. Me vesti e desci. Senti minha carne maciinha e relaxada, como se experimentasse os efeitos de uma suave música de fundo.

O dono da livraria estava na mesa atrás do balcão.

— Vou lhe dizer o que aconteceu lá em cima — ele disse numa bonita voz antiurubu-de-três-patas, antilado-dente-de-leão da montanha.

— Aconteceu o quê?

— Você lutou na Guerra Civil Espanhola. Você era um jovem comunista de Cleveland, Ohio. Ela era pintora. Uma judia de Nova York que fazia turismo na Guerra Civil Espanhola como se fosse o carnaval de Nova Orleans interpretado por estátuas gregas. Ela pintava o quadro de um anarquista morto quando vocês se conheceram. Ela pediu para você ficar ao lado do anarquista fazendo de conta que o tinha matado. Você lhe deu uma bofetada e disse uma coisa que fico sem jeito de repetir.

E continuou:

— Vocês se apaixonaram. Um dia, quando você estava na frente de batalha, ela leu *Anatomia da melancolia* e fez trezentos e quarenta e nove desenhos de um limão. O amor de vocês era algo espiritual. Nem você nem ela se comportavam como milionários na cama. Quando Barcelona caiu, você e ela voaram para a Inglaterra, e lá embarcaram num navio de volta para Nova York. O amor de vocês ficou na Espanha. Era um amor de guerra. Vocês só amavam vocês, que amaram um ao outro na Espanha durante a guerra. No Atlântico vocês eram diferentes um com o outro, e cada dia que passava iam ficando mais como pessoas perdidas uma da outra.

E mais:

— Cada onda atlântica era como uma gaivota morta arrastando sua artilharia esfrangalhada de horizonte a horizonte. Quando o navio colidiu com a América vocês se separaram calados e nunca mais se viram. A última vez que eu soube de você, você ainda estava morando na Filadélfia.

— É isso que você acha que aconteceu lá em cima? — perguntei.

— Em parte. É, em parte.

Ele pegou o cachimbo, encheu de tabaco e acendeu.

— Quer que eu diga o que mais que aconteceu lá em cima? — perguntou.

— Diga.

— Você atravessou a fronteira para o México. Guiando seu cavalo, entrou numa vila. As pessoas sabiam quem você era e temiam você. Sabiam que você havia matado muitos com a arma que tinha na cintura. A vila era tão pequena que nem tinha padre. Quando os *rurales* viram você, fugiram. Durões como eram, não quiseram nada com você. Os *rurales* se foram. Você passou a ser o homem mais poderoso da vila.

Ele prosseguia:

— Você foi seduzido por uma menina de treze anos e foram morar juntos numa casinhola de adobe, e quase nada faziam a não ser amar. Ela era magrinha e tinha cabelo escuro comprido. Vocês amavam em pé, sentados, deitados no chão sujo, no meio de porcos e galinhas. As paredes, o chão e até o teto da casinhola ficaram lambuzados do esperma seu e do gozo dela. Vocês dormiam no chão tendo por travesseiro o esperma seu, e por cobertor, o gozo dela. As pessoas da vila tinham tanto medo de você que ficavam sem ação.

E disse ainda:

— Depois ela começou a andar sem roupa pela vila, e as pessoas diziam que isso não estava certo, e quando você também passou a sair sem roupa, e quando vocês dois passaram a fazer amor em cima do cavalo no meio do Zócalo, as pessoas ficaram tão assustadas que abandonaram a vila. Está abandonada até hoje. Ninguém quer viver lá. Nenhum de vocês dois chegou aos vinte e um anos. Não era preciso.

E concluiu:

— Está vendo? Sei o que aconteceu lá em cima. — Sorriu bondoso para mim, com olhos que eram como atacadores de harpa.

Fiquei pensando no que tinha acontecido lá em cima.

— Você sabe que eu disse a verdade — disse ele. — Você viu tudo com os próprios olhos e viajou em tudo com o seu corpo. Acabe de ler o livro que estava lendo quando foi interrompido. Que bom que você trepou.

Quando peguei o livro para continuar a leitura as páginas começaram a passar rápido, rápido, até rodopiarem como rodas no mar.

A ÚLTIMA VEZ QUE A TRUTA CHEGOU AO RIACHO HAYMAN

Afinal saiu o peido. O nome do riacho vem de Charles Hayman, um bunda-mole de um pioneiro em um lugar onde poucos queriam viver porque era pobre e feio e horrível. Charles construiu um barraco, isso em 1876, à beira de um riacho que escoava por um morro sem valia. Passado algum tempo o riacho começou a ser chamado de riacho Hayman.

Hayman não sabia ler nem escrever, lógico, e se considerava privilegiado por isso. Viveu de bicos durante anos e anos e anos e anos.

A égua aguou?

Chame Hayman para dar um jeito.

A cerca pegou fogo?

Chame Hayman para apagar.

Mr. Hayman se alimentava de trigo moído na pedra e couve. Comprava o trigo em sacos de cinquenta quilos e o moía ele mesmo num pilão. Plantava a couve na frente do barraco e cuidava da plantação como se fossem orquídeas premiadas.

Durante toda a vida Mr. Hayman nunca bebeu uma xícara de café, nunca fumou, nunca tomou uma dose, nunca deitou com mulher e achava que seria doido se deitasse.

No inverno algumas trutas subiam o riacho Hayman, mas no começo do verão o rio ficava quase seco e sem peixe.

Mr. Hayman pescava uma truta ou duas e as comia cruas com o trigo de pilão e a couve, e um dia se viu tão velho que não teve mais vontade de trabalhar, e parecia tão velho que as crianças acharam que ele devia ser muito ruim para viver sozinho, e passaram a ter medo de chegar perto do barraco dele.

Isso não tirou o sono de Mr. Hayman. Ele não precisava de crianças para nada. Leitura e escrita e crianças eram o mesmo, ele pensava, e ia moendo trigo, plantando couve e pegando uma truta ou duas quando elas apareciam.

Durante trinta anos ele pareceu ter noventa, e um dia achou que ia morrer, e assim fez. No ano que ele morreu as trutas não apareceram no riacho Hayman, nem nunca mais. Morto o velho, as trutas acharam melhor ficar onde estavam.

O pilão e o socador caíram da prateleira e se quebraram.

O barraco ficou em ruínas.

E o mato engoliu a couve.

Vinte anos depois da morte de Mr. Hayman uns pescadores e caçadores andaram plantando trutas nos riachos das imediações.

— Vamos pôr umas aqui também — disse um homem.

— Vamos — disse outro.

Despejaram uma lata cheia de trutas no riacho e logo que elas caíram na água viraram a barriga branca para cima e foram boiando mortinhas riacho abaixo.

PORTO MATA TRUTA

Não foi uma privada suspensa sobre a imaginação. Foi realidade.

Uma truta arco-íris de vinte e cinco centímetros morreu. Foi tirada para sempre das águas terrenas com um gole de vinho do porto que lhe deram.

É contrário à ordem natural do mundo uma truta morrer com um gole de vinho do porto.

Está certo que uma truta morra por ter o pescoço quebrado por um pescador e seja jogada no cesto ou que uma truta morra por causa de um fungo que se arrastou como formigas cor-de-açúcar por seu corpo até que ela, a truta, acabasse no açucareiro da morte.

Está certo que uma truta fique presa em um poço que seca no fim do verão ou seja apanhada pelas garras de uma ave ou — pelas patas de um animal.

Está certo até que uma truta morra por causa da poluição em um rio de sufocante excremento humano.

Tem trutas que morrem de velhas e suas barbas brancas são levadas para o mar.

Tudo isso está na ordem natural da morte; mas uma truta morrer de um gole de vinho do porto, isso é outra conversa.

Nada existe sobre isso no "Tratado de Halieutica" do *Boke of St. Albans*, publicado em 1496. Nada no *Táticas testadas para águas turvas,* de H. C. Cutcliffe, publicado em 1910. Nenhuma referência em *Tretas contra a truta*, de Beatrice Cook, publicado em 1955. Nenhuma referência em *Memórias ribeirinhas*, de Richard Franck, publicado em 1694. Nem uma palavra em *De vara na mão*, de W. C. Prime, de 1873. Nada em *Dando tratos à truta*, de Jim Quick, de 1957. Nada a respeito em *Experiência com peixes e frutas*, de John Taverner, publicado em 1600. Nada em *Os rios nunca dormem*, de Roderick L. Haig Brown, publicado em 1946. Nada em *Até que o peixe nos separe*, de Beatrice Cook, de 1949. Nada em *O que pensa a truta do engodo*, do coronel E. W. Harding, publicado em 1931. Nada em *Estudos ripuários*, de Charles Kingsley, de 1859. Nada em *Trutamania*, de Robert Traver, de 1960.

Nenhuma referência em *O sol e o engodo*, de J. W. Dunne, de 1924. Nada em *Pescar é fácil*, de Ray Bergman, publicado em 1932. Nada em *A pesca intramuros*, de Ernest G. Schviebert Jr., publicado em 1955. Nada em *A arte de pescar na enxurrada,* de H. C. Cutcliffe, publicado em 1863. Nem uma palavra em *Iscas velhas em roupagem nova*, de C. E. Walker, de

1898. Nada em *Pescando na enchente*, de Roderick L. Haig Brown, de 1951. Nada em *O Pescador teimoso e a truta de encosta*, de Charles Bradford, publicado em 1916. Nada em *Lições de pesca para mulheres*, de Chisie Farrington, publicado em 1951. Nada em *Lendas de beira-rio do Eldorado em Nova Zelândia*, de Zane Grey, de 1926. Nada em *Vade-Mecum do pescador*, de G. C. Bainbridge, publicado em 1816.

Não há registro no mundo de uma truta que tivesse morrido por beber vinho do porto.

Vamos ver quem foi o Carrasco-Mor. Levantamos cedo, escuro ainda. Ele entrou parece que sorrindo na cozinha e tomamos café.

Batata frita, ovos e café.

— Ô putoreba, me passe o sal — ele disse.

Os apetrechos já estavam no carro. Entramos e nos mandamos. Ao alvorecer já estávamos na estrada do pé da serra, e por ela entramos na aurora.

A luz atrás das árvores fazia parecer que entrávamos numa gradativa e muito esquisita loja de departamentos.

— Moça bonita aquela de ontem — ele disse.

— Muito. Você fez bem — eu disse.

— Deu entrada, não mando pro bispo — ele disse.

O riacho era um merdinha de poucos quilômetros mas cheio de boas trutas. Deixamos o carro e caminhamos menos de um quilômetro ladeira abaixo até o riacho. Preparei meus apetrechos. Ele tirou da jaqueta uma garrafa de vinho do porto e disse:

— Vai?

— Não, obrigado.

Ele deu uma boa bicada e sacudiu a cabeça.

— Sabe o que este riachinho me lembra? — perguntou.

— Não faço ideia — respondi, prendendo na linha uma isca pintada de amarelo e cinza.

— A vagina de Evangelina, sonho constante de minha infância e guia da minha juventude.

— É isso aí — respondi.

— Longfellow foi o Henry Miller da minha infância.

— Que bom.

Lancei o anzol em um poço que ficava no meio de uma coroa de cipós de espinho. Os espinhos se mexiam com o movimento da água. Não era possível que tivessem caído de árvores. Pareciam muito satisfeitos e naturais no poço, como se o poço os tivesse criado em galhos de água.

A terceira tentativa quase deu certo, mas o peixe fugiu.

— Cara, vou ficar olhando você pescar — disse ele. — A tela roubada está na casa ao lado.

Fui pescando riacho acima, chegando cada vez mais perto dos estreitos degraus da grota. Entrei na grota como se entrasse numa grande loja. Peguei três trutas no departamento de achados e perdidos. Ele nem chegou a armar o equipamento. A única coisa que fez foi me acompanhar, bebendo porto e cutucando o mundo com um graveto.

— É um belo riacho — disse ele. — Me lembra o aparelho de escuta de Evangelina.

Chegamos a um poço grande formado pelo riacho caindo na seção de brinquedos. No começo do poço a água era como um creme, depois virava espelho e refletia a sombra de uma árvore enorme. O sol já estava alto. Podíamos vê-lo descendo a montanha.

Lancei o anzol no creme e deixei a linha descer até passar debaixo de um galho comprido da árvore, no qual pousava um passarinho.

Agora!

Dei o arranco e a truta apareceu se debatendo.

— Corrida de girafa no Kilimanjaro! — gritou ele, e a cada salto da truta ele saltava também.

— Corrida de abelhas no Everest! — gritou.

Não tendo levado uma rede, batalhei até levar a truta para a margem do riacho e a puxei para terra.

A lateral da truta tinha uma grande listra vermelha. Era uma bela arco-íris.

— Que beleza — disse ele.

Ele pegou-a, ela se debatendo nas mãos dele.

— Quebre a espinha dela — mandei.

— Tenho uma ideia melhor — ele disse. — Antes de matá-la, me deixe ao menos aliviar a entrada dela na morte. Esta truta precisa de um drinque. — Tirou do bolso a garrafa de vinho, desarrolhou e despejou uma dose-família na boca da truta.

A truta entrou em espasmo.

Ela tremia como um telescópio em um terremoto. A boca se escancarava e fechava estalando como se tivesse dentes de gente.

Ele a pousou numa pedra branca, de cabeça para baixo. Um filete de vinho escorreu da boca da truta, deixando uma mancha na pedra.

Ela parou de se mexer.

— Morreu feliz — disse ele.

— É minha ode aos Alcoólicos Anônimos.

— Olhe só!

A AUTÓPSIA DE PESCAR
TRUTA NA AMÉRICA

Esta é a autópsia de Pescar Truta na América como se Pescar Truta na América tivesse sido Lorde Byron e tivesse morrido em Missolonghi, sem nunca mais poder ver as praias de Idaho, nem o riacho Carrie, nem as águas quentes de Worsewick, o riacho Paradise, o riacho Salt e o lago Duck.

A autópsia de Pescar Truta na América:

"Corpo em excelente estado, semelhante a um que tivesse morrido de repente de asfixia. Aberta a abóbada craniana, os ossos do crânio se revelaram muito duros, sem quaisquer traços de sutura, como os ossos de um octogenário, tanto que se poderia dizer que o crânio era composto de um osso só... As meninges estavam ligadas às paredes internas do crânio, e tão bem ligadas que ao serrar o osso para separá-lo da dura, a força de dois homens robustos não foi suficiente... O cérebro com o cerebelo pesou seis libras médicas. Os rins eram muito grandes mas sadios, e a vesícula urinária, relativamente pequena."

O corpo de Pescar Truta na América deixou Missolonghi a 2 de maio de 1824, por mar, com destino à Inglaterra, onde chegaria na noite de 29 de junho de 1824.

O corpo de Pescar Truta na América foi conservado em um barril com setecentos litros de álcool: Oh, muito longe de Idaho, muito longe da bacia Stanley, do lago Little Redfish, do rio Perdido, do lago Josephus e do rio Big Wood.

A MENSAGEM

Na noite passada um troço azul, que era a fumaça de nosso acampamento, desceu o vale e se misturou ao som do cincerro da égua madrinha até que ambos, o troço azul e o sino, não puderam se separar, por mais que se tentasse. Não havia uma alavanca de tamanho suficiente para se fazer o serviço.

Ontem à tarde vínhamos de carro pela estrada de Wells Summit e topamos com as ovelhas. Elas também eram conduzidas pela estrada.

Um pastor ia na frente do carro, com um galho cheio de folhas na mão, varrendo as ovelhas para os lados. Parecia um Adolf Hitler moço e magro, mas cordial.

Devia haver mil ovelhas na estrada. E também havia calor e poeira e barulho e um tempo comprido demais.

Depois das ovelhas tinha uma carroça coberta puxada por dois cavalos. Tinha um terceiro cavalo, a égua madrinha, preso à traseira da carroça. O toldo branco tremia com o vento e a carroça não tinha carroceiro. O lugar dele estava vago.

Finalmente o pastor Adolf Hitler, mas cordial, varreu da estrada a última ovelha. Ele sorriu, acenamos para ele e agradecemos.

Procurávamos um lugar para acampar. Rodamos estrada abaixo acompanhando o Little Smoky por uns oito quilômetros sem achar um lugar que nos agradasse, e então resolvemos fazer o retorno e voltar a um lugar que tínhamos visto à margem do Garrie.

— Tomara que aquelas ovelhas não estejam mais na estrada — eu disse.

Voltamos ao ponto onde as tínhamos visto, e, claro, elas não estavam mais lá. Mas, à medida que seguíamos estrada acima, começamos a seguir uma trilha de bosta de ovelhas. A bosta delas se estendia por meio quilômetro.

Eu ia olhando o campo à beira do Little Smoky na esperança de ver as ovelhas lá embaixo, e não vi nenhuma, só via a bosta delas na nossa frente.

Como se estivéssemos num jogo inventado pelo esfíncter, já sabíamos qual ia ser o resultado. Cada um de nós sacudiu a cabeça, e esperamos.

Quando fizemos uma curva as ovelhas estouraram por todos os lados como fogos de artifício e de novo havia mil ovelhas à nossa frente, e o pastor diante de nós pensando "que se danem". Nós pensávamos a mesma coisa.

Tínhamos cerveja no carro. Não estava muito fria, mas também não estava quente. Confesso que eu estava inquieto. Peguei uma garrafa de cerveja e desci do carro.

Fui ao pastor que parecia Adolf Hitler, mas cordial.

— Sinto muito — eu disse.

— São as ovelhas — ele respondeu. (Oh, doces e distantes aromas de Munique e Berlim!) — Às vezes elas dão trabalho, mas no fim tudo se acerta.

— Aceita uma cerveja? Lamento atrapalhar vocês de novo.

— Obrigado — disse ele. Pegou a cerveja e pôs no assento vazio da carroça.

E foi assim. Depois de muito tempo ficamos livres das ovelhas. Foram-se como uma rede finalmente puxada para longe do carro.

Chegamos ao lugar à margem do Carrie e armamos a barraca e tiramos nossas coisas do carro e empilhamos na barraca.

Depois subimos de carro seguindo o curso do riacho até acima dos diques dos castores, e as trutas nos encararam como folhas caídas.

Enchemos a mala do carro com lenha para a fogueira e peguei algumas daquelas folhas para o jantar. Eram pequenas e escuras e frias. O outono foi bom para nós.

De volta ao acampamento vi a carroça do pastor a uma pequena distância na estrada e ouvi o cincerro da égua e o rumor distante das ovelhas na várzea.

Foi o derradeiro círculo com o pastor Adolf Hitler, mas cordial, como diâmetro. Ele ia passar a noite acampado ali. Então, ao crepúsculo, a fumaça da nossa fogueira desceu e foi parar lá com a égua madrinha.

As ovelhas se ninaram e caíram num sono irracional, uma após outra como bandeiras de um exército perdido. Tenho aqui uma mensagem muito importante que acabou de chegar. Diz: "Estalingrado."

TERRORISTAS DA PESCA
DE TRUTA NA AMÉRICA

Viva o amigo revólver!
Viva a amiga metralhadora!
Hino terrorista israelense

Numa manhã de abril, no sexto ano, viramos, primeiro por acidente e depois por premeditação, terroristas da pesca de truta na América.

Aconteceu assim: éramos uns garotos do demônio.

O diretor estava sempre nos chamando para explicarmos travessuras e malfeitos. O diretor era jovem e era um gênio em lidar conosco.

Uma manhã de abril estávamos no pátio de recreio fazendo de conta que ele era uma imensa mesa de bilhar ao ar livre, os calouros que iam e vinham eram as bolas. Estávamos chateados com a perspectiva de passar mais um dia estudando Cuba.

Um de nós tinha um pedaço de giz branco. Quando um calouro ia passando, o do giz escreveu distraidamente "Pescar truta na América" nas costas do calouro.

O calouro se entortou todo, querendo ler o que estava escrito nas costas, mas não conseguiu. Então deu de ombros e foi brincar em um balanço.

Ficamos olhando o calouro caminhar com "Pescar truta na América" escrito nas costas. Achamos legal e muito natural e agradável aos olhos que um calouro tivesse "Pescar truta na América" escrito a giz nas costas.

Quando vi outro calouro passando pedi o giz de meu amigo e disse:

— Calouro, venha cá.

Ele veio, e eu disse:

— Vire as costas.

Ele virou e eu escrevi "Pescar truta na América" nas costas dele. No segundo calouro ficou melhor ainda. Não podíamos deixar de admirar aquilo. "Pescar truta na América." Dava um quê especial aos calouros. Completava-os e lhes dava um toque de classe.

— Ficou muito bom, não ficou?

— Muito.

— Vamos buscar mais giz.

— Vamos.

— Tem uma pá de calouros lá nas barras.

— Sim.

Todos pegamos giz e mais tarde, no final do intervalo, quase todos os calouros tinham "Pescar truta na América" escrito nas costas, até as meninas.

Os professores do primeiro ano foram se queixar ao diretor. Umas das queixas tinha a forma de uma menininha.

— Miss Robins me mandou — disse ela ao diretor.
— Ela me mandou para o senhor ver isto.

— Ver o quê? — perguntou o diretor, encarando a menininha limpa.

— Nas costas.

A menininha se virou e o diretor leu alto: "Pescar truta na América."

— Quem fez isto?

— Aquele bando de veteranos. Os bagunceiros. Escreveram em todos nós do primeiro ano. Todos estamos assim. "Pescar truta na América", o que significa? Um suéter novinho que vovó me deu.

— Hum. "Pescar truta na América" — disse o diretor. — Diga a Miss Robins que vou descer para falar com ela. — Dispensou a menina e pouco depois nós, terroristas, fomos chamados do submundo.

Relutantemente invadimos o gabinete do diretor, sem saber o que fazer com as mãos nem com os pés e olhando pela janela e bocejando e de repente um de nós deu uma piscada maluca e enfiamos as mãos nos bolsos e desviamos o olhar e depois olhamos para o lustre no teto, como ele se parecia com uma batata cozida, e olhamos para baixo e vimos o retrato da mãe do diretor na parede. Ela havia sido estrela do cinema mudo, estava amarrada num trilho de trem.

— Vocês por acaso sabem alguma coisa sobre "Pescar truta na América"? Será que não viram a frase escrita em algum lugar em suas andanças hoje?

"Pescar truta na América." Façam um esforço para lembrar.

Todos fizemos um esforço para lembrar.

Fez-se silêncio na sala, um silêncio que conhecíamos intimamente porque já havíamos visitado o gabinete do diretor outras vezes.

— Vou lhes dar uma ajuda. Talvez vocês tenham visto "Pescar truta na América" escrito a giz nas costas dos calouros. O que eu não sei é como isso foi aparecer nas costas deles.

A nossa resposta foi um sorriso nervoso.

Estou vindo da classe de Miss Robins. Pedi a todos os que tinham "Pescar truta na América" escrito nas costas que levantassem a mão, e todos na classe levantaram a mão, menos um, que tinha passado todo o tempo do intervalo escondido no banheiro. O que vocês acham desse... Desse negócio de "Pescar truta na América"?

Ficamos de boca fechada.

Aquele um de nós que tinha dado a piscada maluca continuava dando a piscada maluca. Tenho certeza que foi essa piscada maluca que nos entregou, como sempre. Devíamos ter nos livrado dele no começo do sexto ano.

— Vocês todos são culpados, não são? Tem alguém aí que não é culpado? Se tem, que fale. Agora.

Ficamos todos calados, exceto pisca, pisca, pisca, pisca. De repente *ouvi* a merda do olho dele piscar. Era muito parecido com o barulho de um inseto botando o milionésimo ovo de nosso desastre.

— Todos vocês escreveram. Por quê?... Por que "Pescar truta na América" nas costas dos calouros?

Foi aí que o diretor usou o famoso truque $E = MC^2$ para o sexto ano, o truque que ele sempre usava.

— Não seria engraçado — disse ele — se eu chamasse aqui todos os seus professores, pedisse que eles virassem as costas, pegasse um giz e escrevesse "Pescar truta na América" nas costas deles?

Todos rimos nervosos e coramos discretamente.

— Vocês gostariam de ver seus professores andando por aí o dia inteiro com "Pescar truta na América" escrito nas costas, ensinando sobre Cuba para vocês? Seria ridículo, não seria? Vocês não gostariam, certo? Não seria correto, seria?

— Não — respondemos como coro grego, uns com a voz, outros com a cabeça, e aí entrou de novo o pisca, pisca, pisca.

— Foi o que pensei. Os calouros olham de baixo para vocês e com admiração, como os professores olham de baixo para mim e me admiram. Mas não vou escrever "Pescar truta na América" nas costas deles. Estamos de acordo, senhores?

Estávamos de acordo.

O raio do truque funcionou sempre.

Tinha que funcionar.

— Muito bem. Considero Pescar truta na América encerrado. De acordo?

— De acordo.

— De acordo?

— De acordo.

— Pisca, pisca.

Não acabou completamente. Levou tempo para limpar Pescar truta na América das roupas dos calouros. No dia seguinte boa parte de Pescar truta na América tinha desaparecido. As mães simplesmente colocaram roupas limpas em seus filhos, mas muitas tentaram apenas limpar as roupas, e no dia seguinte alguns meninos ainda foram para a escola com "Pescar truta na América" meio apagado, mas ainda aparecendo nas costas. Alguns dias depois Pescar truta na América já havia desaparecido, como estava destinado a desaparecer desde o início, e uma espécie de outono baixou sobre o primeiro ano.

PESCAR TRUTA NA AMÉRICA COM O FBI

Prezado Pescar Truta na América,

Semana passada, quando estava a caminho do trabalho, vi fotos dos DEZ MAIS PROCURADOS DO FBI na vitrine de uma loja na área comercial da cidade baixa. A legenda de uma das fotos estava dobrada para dentro dos dois lados e não pude ler tudo. A foto é de um cara simpático e bem-apessoado de sardas e cabelo (ruivo?) ondulado.

PROCURADO:
RICHARD LAWRENCE MARQUETTE
Vulgos: Richard Lawrence Marquette;
Richard Lourence Marquette
Descrição:
26, nasc. 12 dez. 1934, Portland, Oregon
75/80 quilos
musculoso
Castanho-claro curto

Compleição: rosada
Raça: branca
Nac.: americana
Ocupações:

ajustador caroc
recauchutador p
ajudante agri

is partic.: cicatriz hérnia 15 cm; tatuagem "Mamãe" em tebraço dir.
adura superior compl., inf. pode ser postiça.
Costuma

freq

es e é ávido pescador de truta.

(assim é que está a legenda cortada nas duas
margens e não pude copiar tudo nem saber por
que ele é procurado.)

Seu velho companheiro,
Pard

Prezado Pard,

Sua carta explica por que vi dois agentes do FBI
observando um riacho de truta semana passada. Eles
investigaram um caminho que desce entre árvores,

contorna um grande toco preto e termina em um poço fundo. O poço estava assim de trutas. Os agentes do FBI olharam o caminho, as árvores, o toco preto, o poço e as trutas como se fossem picotes num cartão retirado de um computador naquela hora. O sol da tarde ia mudando tudo à medida que cruzava o céu, e os agentes do FBI iam mudando com o sol. Parece que faz parte do treinamento deles.

Seu amigo,
Pescar Truta na América

WORSEWICK

As águas quentes de Worsewick não são grande coisa. Alguém pôs umas tábuas represando o riacho, e pronto.

As tábuas fizeram uma represa suficiente para formar uma grande banheira, e as águas transbordam das tábuas, como se convidadas por cartão-postal ao oceano a mais de mil quilômetros de distância.

Como eu disse, Worsewick não é grande coisa, não é como aqueles lugares aonde vão os grã-finos. Não há construções em volta. Vimos um sapato velho perto da banheira.

A água quente vem de um morro e nos lugares por onde ela passa forma-se uma escuma alaranjada que se espalha pelas artemísias. A água quente entra no riacho onde formaram a represa, e aí é que é bom.

Paramos o carro na estrada de terra, caminhamos morro abaixo e tiramos a roupa. Despimos o bebê e os mosquitos se serviram de nós até que entramos na água. Aí eles nos deixaram.

Um lodo verde cobria as beiradas da banheira e dezenas de peixes mortos boiavam no nosso banho.

A morte embranquecera seus corpos, como geada em porta de ferro. Os olhos eram grandes e parados.

Os peixes haviam cometido o erro de descer muito o riacho e acabaram na água quente, cantando "Se essa rua, se essa rua fosse minha..."

Brincamos e relaxamos na água. O lodo verde e os peixes mortos brincaram e relaxaram conosco, passando por cima de nós e se misturando em nós.

Me esparramando na água quente com minha mulher, comecei a pensar coisas, como dizem. Me ajeitei na água para que o bebê não visse minha ereção.

Consegui isso entrando bem fundo na água e deixando que o lodo verde e os peixes mortos me cobrissem.

Minha mulher tirou o bebê da água e o levou para o carro. O bebê estava cansado. Era *realmente* hora da soneca dele.

Minha mulher tirou um cobertor do carro e cobriu com ele as janelas voltadas para a banheira. Jogou o cobertor no carro e pôs umas pedras por cima para mantê-lo no lugar. Me lembro dela em pé ao lado do carro.

Ela voltou para a água e os mosquitos foram para cima, e depois foi a minha vez. Depois de um tempo ela disse:

— Não estou com o DIU, e ele também não funciona na água. Não é uma boa ideia a gente trepar. Você não acha?

Pensei nisso e concordei. Eu não queria mais crianças tão cedo. O lodo verde e os peixes mortos estavam à nossa volta.

Me lembro que um peixe morto passou por baixo do pescoço dela. Esperei que ele aparecesse do outro lado e ele apareceu do outro lado.

Worsewick não era grande coisa.

Aí eu gozei, e saí dela numa fração de segundo, como no cinema um avião sai de um mergulho e passa sobre o telhado de uma escola.

Meu esperma ficou na água, estranhando a luz, e imediatamente se transformou numa coisa comprida e filamentosa, depois rodopiou como uma estrela cadente, e vi um peixe morto aparecer e boiar no meu esperma, encurvando-o no meio. Os olhos dele estavam enrijecidos como ferro.

O PROJETO DE MANDAR O ANÃO
DA PESCA DE TRUTA NA AMÉRICA
PARA NELSON ALGREN

O Anão da Pesca de Truta na América apareceu de repente em São Francisco, se arrastando em uma magnífica cadeira de rodas de aço cromado.

Ele não tem pernas, está na meia-idade e é um bebum que grita por aí.

Ele caiu sobre North Beach como um capítulo do Velho Testamento. Foi ele quem fez os pássaros migrarem no outono. Tinham que migrar. Ele era o giro frio da terra; o vento mau que varre o açúcar.

Ele parava crianças na rua e dizia: "Não tenho pernas. A truta ceifou minhas pernas em Fort Lauderdale. Vocês têm pernas. A truta não ceifou suas pernas. Empurrem minha cadeira para aquela loja ali."

Assustadas e encabuladas, as crianças empurravam a cadeira do Anão da Pesca de Truta na América para a loja. Sempre para uma loja que vendesse vinho doce, e ele comprava uma garrafa e os meninos empurravam a cadeira de volta para a rua, e ele abria o vinho e bebia ali mesmo na rua como se fosse Winston Churchill.

Depois as crianças passaram a correr e se esconder quando viam o Anão da Pesca de Truta na América chegando.

— Empurrei ele semana passada.

— Empurrei ele ontem.

— Rápido, a gente pode se esconder atrás daquelas latas de lixo.

E eles se escondiam atrás das latas de lixo enquanto o Anão da Pesca de Truta na América se arrastava na cadeira de rodas. Os meninos prendiam a respiração até ele passar.

O Anão da Pesca de Truta na América gostava de ir ao *L'Italia*, o jornal italiano de North Beach, esquina da Stockton com a Green Street. De tarde italianos velhos se juntam em frente ao jornal e ficam lá, encostados no edifício, falando e morrendo ao sol.

O Anão da Pesca de Truta na América enfiava a cadeira no meio deles como se fossem um bando de pombos, a garrafa de vinho na mão, e disparava a gritar obscenidades em italiano inventado.

— Tra-la-la-la-la-la-espaguete!

Um dia vi o Anão da Pesca de Truta na América apagado na Washington Square, bem diante da estátua de Benjamin Franklin. Ele caiu da cadeira de cara no chão e ficou lá, imóvel.

Roncando alto.

Acima dele, o Benjamin Franklin de metal, como um relógio, de chapéu na mão.

O Anão da Pesca de Truta na América ali embaixo, o rosto aberto como um leque na grama.

Uma tarde eu e um amigo falamos do Anão da Pesca de Truta na América. Decidimos que o melhor a fazer com ele era metê-lo num caixote grande, com umas duas caixas de vinho doce, e mandá-lo para Nelson Algren.

Nelson Algren está sempre escrevendo sobre um anão de estrada de ferro, Railroad Shorty, herói de *Selva de neon* (inspiração para "A cara no chão do bar"), e destruidor de Dove Linkhorn em *Um passeio na banda perigosa.*

Achamos que Nelson Algren seria um tutor perfeito para o Anão da Pesca de Truta na América. Talvez fosse o primeiro passo para a criação de um museu. O Anão da Pesca de Truta na América poderia ser a primeira peça de uma coleção importante.

Meteríamos ele em um caixote com um letreiro grande.

CONTÉM:
ANÃO DA PESCA DE TRUTA NA AMÉRICA

OCUPAÇÃO:
BEBUM

ENDEREÇO:

A/C NELSON ALGREN

CHICAGO

Em toda a volta do caixote pregaríamos papéis com os dizeres: "VIDRO/CUIDADO/CUIDADO AO TRANSPORTAR/VIDRO/NÃO DERRAME/ESTE LADO PARA CIMA/TRATE ESTE BEBUM COMO SE ELE FOSSE UM ANJO."

E o Anão da Pesca de Truta na América, reclamando, vomitando e praguejando no caixote, viajaria de um lado a outro da América, de São Francisco a Chicago.

Sem saber o que estava acontecendo, o Anão da Pesca de Truta na América faria a viagem gritando "Onde estou afinal? Não posso abrir esta garrafa no escuro! Quem apagou as luzes? Que merda de motel! Preciso mijar! Cadê a minha chave?"

A ideia era boa.

Dias depois que traçamos o nosso plano para o Anão da Pesca de Truta na América, caiu um toró em São Francisco. A chuva virou as ruas pelo avesso, como pulmões em um afogamento, e eu tentava chegar ao trabalho enfrentando fortes enxurradas nos cruzamentos.

Vi o Anão da Pesca de Truta na América na janela de uma lavanderia filipina. Estava na cadeira de rodas, virado para a janela com olhos fechados.

Tinha uma expressão tranquila no rosto. Quase parecia humano. Provavelmente pegara no sono enquanto o cérebro era lavado em uma das máquinas.

Semanas se passavam e nada de despacharmos o Anão da Pesca de Truta na América para Nelson Algren. Íamos sempre adiando. Por um motivo ou outro. Até que perdemos a oportunidade, porque o Anão da Pesca de Truta na América sumiu.

Provavelmente o varreram para a prisão para castigá-lo, o peidão maléfico, ou para um manicômio para enxugá-lo um pouco.

Talvez o Anão da Pesca de Truta na América tenha pedalado em sua cadeira de rodas até San José, se sacolejando na estrada de alta velocidade a meio quilômetro por hora.

Não sei que fim levou. Se ele um dia voltar a São Francisco e morrer, tenho uma ideia.

O Anão da Pesca de Truta na América deve ser enterrado ao lado da estátua de Benjamin Franklin na Washington Square. Vamos amarrar a cadeira dele a uma pedra enorme e escrever na pedra:

ANÃO DA PESCA DE TRUTA NA AMÉRICA
20 CENTS LAVAGEM
10 CENTS SECAGEM
AMÉM

O PREFEITO DO SÉCULO XX

Londres. Em 1º de dezembro de 1887; em 7 de julho, 8 de agosto, 30 de setembro, um dia no mês de outubro, e em 9 de novembro de 1888; 1º de junho, 17 de julho e 10 de setembro de 1889...

O disfarce era perfeito.

Ninguém jamais o viu, a não ser as vítimas, naturalmente. As vítimas o viram.

Quem podia imaginar?

Ele vestia a roupa ideal para pescar truta na América. Usava montanhas nos cotovelos e passarinhos no colarinho da camisa. Por entre os lírios entrelaçados nos cordões de seus sapatos corriam águas profundas. Uma rã enorme coaxava no bolso do relógio e o cheiro agradável de amoras maduras enchia o ar.

Ele vestia a roupa ideal para pescar truta na América para se esconder do mundo enquanto praticava seus atos assassinos noite adentro.

Quem poderia imaginar?

Ninguém!

Scotland Yard?

(Até parece!)

Os scotlandyardinos estavam sempre a cem quilômetros dele, usando chapéus de caçadores de linguado e olhando por baixo da poeira.

Ninguém nunca descobriu.

Agora ele é o Prefeito do Século XX. Seus instrumentos preferidos são navalha, faca e um uquelele.

Tinha mesmo que ser um uquelele. Ninguém mais teria pensado nisso, para empurrar, como arado, pelos intestinos.

NO PARAÍSO

*"Falando de evacuações, sua missiva, apesar de completa
em outros assuntos, fugiu ao tema. É verdade que você
fala em processos de micturação rural, mas muito
ligeiramente também. Considero essa omissão lamentável
de sua parte, pois sei que você não ignora o meu inesgotável
fascínio pela defecação em acampamento. Favor mandar
detalhes da próxima vez. Tipo de fossa, posição adotada
pelo usuário (agachada ou em pé), número de idas por dia,
proximidade de pontos de verminoses, odor e número de
depósitos por hectares deixados por visitantes anteriores."*

Trecho de carta de um amigo

Ovelhas. Tudo cheirava a ovelha no riacho Paradise, mas não havia ovelhas. Pesquei corrente abaixo começando no posto da guarda onde há um imponente monumento ao Serviço de Guarda Florestal.

É uma estátua de mármore com quatro metros de altura, de um jovem indo em manhã fria na direção de uma privada, em uma cabine que tem a clássica meia-lua gravada em cima da porta.

A década de 1930 jamais voltará, mas as botas do rapaz estavam orvalhadas. E assim ficarão no mármore.

Caminhei até o pântano. Nesse local o riacho se amansa e se espalha no capim como barriga de bebedor de cerveja. A pesca não foi fácil. Havia uns patos levantando voo. Uns patões alvissareiros, com filhotes de cor avermelhada como licor.

Acho que vi uma galinhola. Tinha bico comprido como se alguém tivesse posto um hidrante num apontador de lápis, depois pregado ele com goma numa ave e deixado a ave voar diante de mim com esse troço na cara para chamar minha atenção.

Fui saindo com jeito do pântano até que o riacho voltou a ser uma coisa musculosa, o mais vigoroso riacho Paradise do mundo. Agora eu via as ovelhas. Centenas de ovelhas.

Tudo cheirava a ovelha. De repente os dentes--de-leão eram mais ovelhas do que flor, cada pétala refletindo lã e o tinido de cincerro saindo do amarelo. Mas o que mais cheirava a ovelha era o sol. Quando ele, o sol, sumiu atrás de uma nuvem, o cheiro de ovelha abrandou, como se tivesse pisado no aparelho de escuta de um velhinho, e quando o sol reapareceu o cheiro de ovelha berrou como trovão em xícara de café.

Aquela tarde as ovelhas atravessaram o riacho na frente do meu anzol. Passaram tão perto que as sombras cobriram a isca. Praticamente peguei trutas no cu delas.

O GABINETE DO DOUTOR CALIGARI

Teve um tempo que as baratas-d'água eram minha especialidade. Me lembro da primavera em que estudei poças de lama que resistiam a todo o inverno do noroeste do Pacífico. Eu tinha uma bolsa de estudos.

Meus livros eram um par de botinas da Sears, daquelas que têm páginas de borracha verde. Quase todas as minhas salas de aula ficavam perto da praia. Era lá que os fatos importantes aconteciam, e era lá que as coisas boas estavam acontecendo.

Às vezes, em minhas experiências, eu colocava pranchas nas poças de lama para poder observar o fundo da água, mas não era bom como na água perto da praia.

As baratas-d'água eram tão pequenas que eu tinha de concentrar o olhar como uma laranja afogada na poça. Há uma novela sobre frutas boiando na água, sobre maçãs e peras em rios e lagos. No primeiro minuto eu nada via, mas lentamente as baratas-d'água iam começando a existir.

Vi uma, preta, de dentes enormes perseguindo uma branca com uma bolsa de jornais pendurada ao ombro, duas brancas jogando cartas perto da janela, e outra branca me olhando de olhos arregalados com uma gaita na boca.

Fui um estudioso até que as poças de lama secaram e tive de colher cereja a dois centavos e meio por quilo em um velho pomar na beira de uma estrada de terra muito comprida.

A dona do cerejal era uma madame de meia-idade, oklahomana legítima. Ela usava um macacão horroroso e se chamava Rebel Smith. Tinha sido amiga de Floyd o Bonitão em Oklahoma. *"Me lembro de uma tarde quando 'O Bonitão' chegou de carro. Corri para a varanda."*

Rebel Smith estava sempre fumando cigarro e ensinando as pessoas a colher cereja e indicando a elas as cerejeiras onde deviam trabalhar e anotando tudo num caderninho que levava no bolso da camisa. Ela só fumava meio cigarro e jogava a outra metade no chão.

Nos primeiros dias de colheita, eu sempre via as metades de cigarros dela por todo o pomar, perto da privada, em volta das cerejeiras e pelo caminho.

Então ela contratou meia dúzia de boias-frias para a colheita porque o trabalho estava muito devagar. Rebel escolhia os caras todas as manhãs e os levava para o pomar num caminhão enferrujado. Havia sempre uma meia dúzia de pessoas, mas às vezes com caras muito diferentes.

Depois que eles vieram para a colheita nunca mais vi as metades de cigarros de Rebel. Elas sumiam antes de bater no chão. Lembrando disso agora, posso dizer que Rebel Smith era antipoça de lama; mas também posso não dizer.

OS COIOTES DO SAL

Foi o cheiro forte e solitário e insistente de ovelhas lá no vale que fez isso com eles. A tarde inteira fiquei aqui na chuva ouvindo os coiotes no riacho do Sal.

O cheiro de ovelha pastando no vale fez isso com eles. A voz deles fica aguada e desce a grota, passando pelas casas de veraneio. A voz deles é um riacho que desce pelo morro passando por cima de ossos de ovelhas vivas e mortas.

ATENÇÃO: COIOTES NA CABECEIRA DO RIACHO DO SAL, diz o aviso, que diz também CUIDADO COM CÁPSULAS DE CIANURETO ESPALHADAS NAS MARGENS DO RIACHO PARA MATAR COIOTES. NÃO PEGUE NEM COMA ESSAS CÁPSULAS, A NÃO SER QUE VOCÊ SEJA UM COIOTE. ELAS MATAM. NÃO TOQUE NELAS.

Isso é repetido depois em espanhol. ¡AH! HAY COYOTES EN SALT CREEK, TAMBIÉN. CUIDADO COM LAS CAPSULAS DE CIANURO: MATAN. NO LAS COMA, A MENOS QUE SEA USTED UN COYOTE. MATAN. NO LAS TOQUE.

Não tem aviso em russo.

Perguntei sobre essas cápsulas de cianureto no riacho do Sal e o velhinho num bar explicou que eram uma espécie de revólver. Eles põem no gatilho um cheiro agradável para o coiote (provavelmente o cheiro de xoxota de coiote-fêmea), e aí vem um coiote e fareja, uma farejada forte e BUM! É isso, meu irmão.

Fui pescar nas cabeceiras do riacho do Sal e peguei uma linda truta Dolly Varden, pintalgada e comprida como uma cobra daquelas que a gente vê em joalheria, mas logo depois eu só podia pensar era na câmara de gás de San Quentin.

Ó Caryl Chessman e Alexander Robillard Vistas! Como se fossem nomes de conjuntos de casas de três quartos com carpetes e encanamento que desafia a imaginação.

Então me ocorreu lá no riacho do Sal, a pena de morte sendo o que é, um ato de estado em que depois que o trem passa não há música nos trilhos ou trepidação na linha, que eles deviam pegar a cabeça de um coiote morto por uma daquelas estúpidas coisas de cianureto no riacho do Sal, limpá-la por dentro e secá-la ao sol e fazer dela uma coroa com os dentes dispostos em círculo no alto e emitindo uma linda luz verde.

Aí testemunhas e jornalistas e empregados da câmara de gás iriam ver um rei com uma coroa de coiote na cabeça morrer na frente deles, o gás subindo na câmara como a névoa de chuva desce o morro do riacho do Sal. Chove aqui há dois dias, e entre as árvores o coração para de bater.

A TRUTA CORCUNDA

O riacho ficou mais estreito por causa das arvorezinhas verdes que nasceram muito unidas em sua margem. O riacho era como doze mil oitocentos e quarenta e cinco cabines de telefone em fileira com altos telhados vitorianos e todas as portas arrancadas e os fundos também arrancados.

Às vezes quando eu pescava lá me sentia exatamente como um consertador de telefone, mesmo não parecendo. Eu não passava de um menino coberto de apetrechos de pesca; mas, de certa maneira inexplicável, por ir lá e pegar algumas trutas, mantinha os telefones funcionando. Eu era um bem para a sociedade.

O trabalho era agradável, mas às vezes me chateava. O dia podia escurecer de repente sempre que nuvens negras no céu cobriam o caminho à frente do sol. Nessas horas quase que era preciso acender velas para pescar, ou era preciso procurar pequenas fontes de luz no meio da mata.

Uma vez começou a chover quando eu estava lá. Ficou tudo escuro e quente e úmido. Eu estava dobrando serviço, tinha isso a meu favor. Peguei sete trutas em quinze minutos.

As trutas se comportavam como boas companheiras naquelas cabines de telefone. Havia muitas jovens trutas violentas de quinze a vinte centímetros, tamanho perfeito para frigideira de chamadas locais. Às vezes pintavam umas de vinte e cinco centímetros — para chamadas interurbanas.

Sempre gostei de trutas violentas. Elas lutam bem, deslizam no fundo e de repente saltam alto. No papo elas ostentam o estandarte alaranjado de Jack o Estripador.

No riacho tinha também algumas arco-íris teimosas, raramente faladas, mesmo assim firmes como contadores diplomados. De vez em quando eu pegava uma. Eram gordas e roliças, de comprimento e largura quase iguais. Já ouvi chamarem essas trutas de "matronas".

Geralmente eu levava uma hora para conseguir uma carona para aquele riacho. Perto dele passa um rio. O rio não é grande coisa. O riacho era o lugar onde eu batia ponto. Deixava o cartão em cima do relógio para bater ponto novamente na hora de ir embora.

Agora vou falar da tarde em que peguei a truta corcunda.

Um fazendeiro me deu carona num caminhão. Ele me apanhou em um sinal de trânsito perto de uma plantação de feijão e não me disse uma palavra.

Parar e me pegar e me levar foi tão automático para ele como fechar a porta do galpão de ferramentas, não é preciso dizer nada; mas eu estava em movimento, viajando a uns sessenta quilômetros por hora, olhando casas, plantações e árvores passarem, olhando galinhas e caixas de correio entrarem em minha visão e passarem.

Durante algum tempo não vi mais casas.

— Desço aqui — eu disse.

O homem balançou a cabeça. O caminhão parou.

— Muito obrigado.

O homem não comprometeu seu teste para a Metropolitan Opera. Quero dizer, não abriu a boca. Apenas balançou a cabeça. O caminhão partiu. Aquele era o típico fazendeiro velho e calado.

Pouco depois eu registrava a minha entrada no riacho. Deixei o cartão em cima do relógio e entrei naquele túnel comprido das cabines de telefone.

Caminhei na água durante umas setenta e três cabines de telefone. Peguei duas trutas numa poça que parecia uma roda de carroça. É uma das minhas poças preferidas, tem sempre uma truta ou duas.

Gosto de comparar aquela poça com um apontador de lápis. Enfio meus reflexos nela e eles saem bem afiados. Em dois anos acho que peguei cinquenta trutas naquela poça, embora ela fosse do tamanho de uma roda de carroça.

Eu pescava com ovas de salmão e um anzol tamanho 14 para uma isca, das quais eu levava mais de meio quilo em um embornal. As duas trutas estavam no balaio cobertas com folhas verdes de samambaia, amaciadas pelas paredes úmidas das cabines de telefone.

Depois passei para outro lugar bom, quarenta e cinco cabines adiante. Ficava no fim de uma trilha de cascalho pardo e escorregadiço por causa das algas. O trecho de cascalho entrava na água e desaparecia numa espécie de degrau de pedras brancas.

Uma dessas pedras me pareceu esquisita. Era uma pedra branca chata. Separada das outras, me lembrou um gato branco que vi na minha infância.

O gato tinha caído ou sido jogado de um deque de madeira que acompanhava a encosta de um morro em Tacoma, Washington. O gato estava caído num estacionamento.

A queda não ajudara muito na espessura do gato, e algumas pessoas estacionaram os carros em cima dele. Isso faz muito tempo, como eu disse, e os carros naquele tempo eram diferentes do que são hoje.

Quase não se veem mais daqueles carros. São carros antigos. Precisam sair da estrada porque não podem acompanhar os outros.

Aquela pedra branca chata separada das outras pedras me lembrou o gato morto vindo parar ali no riacho, entre doze mil oitocentos e quarenta e cinco cabines de telefone.

Joguei um ovo de salmão para que ele boiasse por cima da pedra e NHACO! Em cheio! O peixe estava fisgado e nadando corrente abaixo, fazendo depois um ângulo e mergulhando fundo e lutando forte e intransigente. Depois saltou alto e por um instante pensei que fosse uma rã. Eu nunca tinha visto um peixe daquele.

Caramba! Que diabo é isto?

O peixe mergulhou de novo e eu sentia a sua energia vital gritando linha acima até a minha mão. A linha parecia produzir um som. Era como uma sirene de ambulância correndo para mim, as luzes vermelhas piscando, depois indo embora e subindo ao espaço e virando sirene de ataque aéreo.

Ele deu mais alguns saltos ainda parecendo uma rã, mas não tinha pernas. Quando ele finalmente ficou cansado, dei um safanão e ele se estatelou na minha rede de pesca, estendida na superfície do rio.

Era uma truta arco-íris de vinte e cinco centímetros com um enorme calombo nas costas. Era uma truta corcunda. A primeira que eu via. A corcunda talvez fosse consequência de um machucado quando ela era nova. Talvez um cavalo tenha pisado nela ou uma árvore tenha caído em cima dela numa tempestade ou a mãe dela tenha desovado perto de uma ponte em construção.

Aquela truta era incrível. Que pena que não fiz uma máscara mortuária. Não do físico, mas da energia dela. Não sei se alguém entenderia o corpo. Pus a truta no balaio.

Mais tarde, quando as cabines de telefone começaram a escurecer nas beiradas, marquei o cartão e fui para casa. Comi a truta corcunda no jantar. Passada na farinha e frita em manteiga a corcunda ficou tão gostosa quanto os beijos de Esmeralda.

TEDDY ROOSEVELT ESTEVE AQUI

A floresta nacional Challis foi criada a 1º de julho de 1908 por Decreto Executivo do Presidente Theodore Roosevelt. (...) Há vinte milhões de anos, dizem os cientistas, havia grandes rebanhos de cavalos de três dedos, camelos e possivelmente rinocerontes nesta parte do país.

Isto é parte de minha história na floresta nacional Challis. Passamos por Lowman após uma breve temporada com parentes mórmons de minha mulher em McCall, onde nos informamos sobre a Prisão Spirit e não conseguimos achar o lago Duck.

Levei o bebê morro acima. A placa dizia dois quilômetros e meio. Um carro esporte verde estava parado na estrada. Subindo a trilha, encontramos um homem de chapéu e carro esporte verde e uma moça de vestido leve de verão.

Ela tinha o vestido arregaçado até acima dos joelhos, e quando nos viu o desarregaçou. O homem tinha uma garrafa de vinho no bolso traseiro. O vinho estava numa garrafa verde comprida. A garrafa ficava engraçada no bolso traseiro.

— A Prisão Spirit fica longe? — perguntei.

— Você está na metade do caminho — ele respondeu.

A moça sorriu. O cabelo dela era louro. Os dois continuaram a descida. Pulando, pulando, pulando por entre árvores e pedras como duas bolas de aniversário.

Descansei o bebê num tufo de neve que enchia uma depressão ao pé de um toco. Ele brincou na neve e depois começou a comê-la. Me lembrei de um livro do ministro do Supremo, William O. Douglas. NÃO COMA NEVE. FAZ MAL E DÁ DOR DE ESTÔMAGO.

— Deixe de comer neve! — gritei para o bebê.

Peguei-o no ombro e continuei a subida para a Prisão Spirit. É para lá que todo mundo que não é mórmon vai quando morre. Católicos, budistas, muçulmanos, judeus, batistas, metodistas e ladrões internacionais de joias. Todo mundo que não é mórmon vai para o Amassador de Espírito.

A placa dizia um quilômetro e meio. A trilha era fácil mas acabou de repente. Perdemos a trilha perto de um riacho. Olhei em volta. Olhei nas duas margens. A trilha simplesmente desaparecera.

Talvez a circunstância de ainda estarmos vivos tivesse relação com isso. Não sei dizer.

Viramos e começamos a voltar. O bebê chorou quando viu o montinho de novo, e esticou as mãos na direção da neve. Não podíamos parar. Estava ficando tarde.

Entramos no carro e voltamos para McCall. Naquela noite falamos de comunismo. A moça mórmon leu em voz alta para nós um livro chamado *O comunista nu*, escrito por um ex-chefe de polícia de Salt Lake City.

Minha mulher perguntou à moça se ela acreditava que o livro fora escrito sob influência do Poder Divino, se ela considerava o livro um texto religioso.

A moça respondeu que não.

Comprei um par de tênis e três de meias numa loja de McCall. As meias tinham garantia. Guardei as garantias no bolso e as perdi. A garantia dizia que se alguma coisa acontecesse às meias em três meses eu receberia outras. Era uma boa ideia.

Eu devia lavar as meias e mandá-las com a garantia. Num piscar de olhos meias novas seriam despachadas para mim de uma ponta a outra da América com meu nome no pacote. E só o que eu teria de fazer seria abrir o pacote, tirar as meias novas e calçá-las. Elas ficariam bem nos meus pés.

Queria não ter perdido aquelas garantias. Foi um vacilo. Tive de encarar o fato de que não deixarei meias novas como herança para meus familiares. Foi o que ganhei perdendo as garantias. As futuras gerações vão ter que se virar sozinhas.

Deixamos McCall no dia seguinte, um dia depois de eu ter perdido as garantias, acompanhando as águas barrentas do braço norte do Payette abaixo e as águas claras do braço sul acima.

Paramos em Lowman para tomar um milkshake de morango e voltamos para as montanhas seguindo o riacho Clear até o Bear no alto.

Ao longo do riacho Bear havia tabuletas nas árvores avisando: "QUEM PESCAR NESTE RIACHO LEVA PORRADA NA CABEÇA." Como eu não queria levar porrada na cabeça, deixei meus apetrechos bem quietinhos lá no carro.

Vimos um rebanho de ovelhas. Tem um barulho que o bebê faz quando vê animais fofinhos. É o mesmo barulho que faz quando vê a mãe e eu nus. Ele fez esse barulho e nós saímos das ovelhas como um avião sai das nuvens.

Entramos na floresta nacional Challis uns oito quilômetros depois desse barulho. Indo agora paralelamente ao riacho Valley, vimos as montanhas Sawtooth pela primeira vez. Estava ficando nublado e achei que ia chover.

— Parece que estava chovendo em Stanley — eu disse, apesar de nunca ter estado em Stanley. É fácil opinar sobre Stanley quando nunca se esteve lá. Vimos a estrada para o lago Bull Trout. A estrada parecia boa. Quando chegamos a Stanley encontramos as ruas brancas e secas como uma colisão a alta velocidade entre um cemitério e um caminhão cheio de sacos de farinha.

Paramos numa loja. Comprei uma barra de chocolate e perguntei como estava a pesca de truta em Cuba. A mulher da loja respondeu:

— Você já devia estar morto, seu puto comunista.

Pedi a nota da barra de chocolate para fins de imposto de renda.

Aquela dedução de dez centavos.

Nada fiquei sabendo de pesca naquela loja. As pessoas estavam muito nervosas, principalmente um jovem que dobrava aventais. Ele ainda tinha uns duzentos aventais para dobrar e estava mesmo nervoso.

Fomos a um restaurante onde comi um hambúrguer e minha mulher comeu um cheeseburguer e o bebê corria em círculos como um morcego na Feira Mundial.

Tinha uma menina lá de treze ou catorze anos, ou talvez só dez. Usava batom e falava alto e parecia interessada nos rapazes. Ela se divertia às pampas varrendo a entrada do restaurante.

Depois ela entrou e brincou com o bebê. Tinha jeito com criança. Baixou e amaciou a voz com o bebê. Contou-nos que o pai tinha infartado e ainda estava de cama. Disse que ele não podia se levantar para fazer as coisas.

Pedimos mais café e pensei nos mórmons. Naquela mesma manhã tínhamos nos despedido deles depois de tomar café na casa deles.

O cheiro de café parecia uma teia de aranha na casa. Aquele cheiro não era fácil. Não se prestava à contemplação religiosa, ao planejamento do trabalho de templo a ser feito em Salt Lake, parentes mortos a serem descobertos entre papéis antigos em Illinois e na Alemanha. Depois mais trabalho de templo em Salt Lake.

A mulher mórmon nos contou que quando se casou no templo de Salt Lake um mosquito a mordeu no pulso pouco antes da cerimônia e o pulso dela inchou e ficou enorme e, por assim dizer, feio. Até um cego poderia vê-lo através da renda. Ela ficou muito sem jeito.

Ela disse que aqueles mosquitos de Salt Lake sempre provocam inchaço quando a mordem. E contou que no ano anterior havia passado um tempo em Salt Lake fazendo trabalho de templo para um parente morto e um mosquito a mordeu e ela ficou inchada no corpo todo.

— Fiquei tão sem jeito, andando por ali como um balão — disse ela.

Terminamos o café e saímos. Nem um pingo de chuva caíra em Stanley. Faltava coisa de uma hora para o pôr do sol.

Pegamos o carro para ir ao lago Big Redfish, a uns seis quilômetros de Stanley, e demos uma olhada. O lago Big Redfish é o Forest Lawn, quero dizer, o suprassumo do camping em Idaho, preparado para o máximo conforto. Tinha muita gente acampada, e algumas pessoas pareciam estar lá havia muito tempo

Achamos que éramos muito jovens para acampar no Big Redfish, e além do mais cobravam cinquenta centavos por dia, três dólares por semana como hotel de boia-fria, e já estava lotado demais. Muitos trailers e donos deles estacionados nos corredores. Não conseguimos chegar ao elevador porque uma família de Nova York estava acampada lá em um trailer de dez cômodos.

Três crianças passaram por nós tomando álcool de farmácia e arrastando uma vovozinha pelas pernas. As pernas dela estavam esticadas e duras e a bunda ia trepidando no tapete. Os guris estavam de porre, e a vovozinha não ficava atrás, e gritava umas palavras que entendi assim: "Que venha de novo a Guerra Civil, eu quero foder!"

Fomos para o lago Little Redfish. A área de acampamento estava quase abandonada. O Big Redfish estava entupido de gente, e o Little Redfish, às moscas. E era grátis.

Nos perguntamos qual seria o motivo. Talvez alguma praga de acampamento, algum agente destruidor que ataca o equipamento de camping e deixa os carros e os genitais das pessoas em frangalhos como velas de veleiros velhos, tivesse passado por ali dias antes e as poucas pessoas que ficaram lá só ficaram por lhes faltar juízo.

Aderimos a eles entusiasticamente. O lugar tinha uma vista belíssima das montanhas. Encontramos um lugar ótimo bem na beira do lago.

Na Unidade 4 tinha um fogão. Era uma caixa quadrada de metal instalada sobre um bloco de cimento. No topo da caixa tinha um cano, mas o cano não tinha buracos de bala. Fiquei pasmo. Quase todos os fogões de acampamento que tínhamos visto no Idaho estavam cheios de buracos de bala. Pode ser que as pessoas, quando têm oportunidade, gostem de atirar em fogões que encontram no meio do mato.

Na Unidade 4 tinha uma enorme mesa de madeira com bancos pregados como óculos de Benjamin Franklin, aqueles muito engraçados, de lentes quadradas. Sentei-me na lente esquerda, de frente para as montanhas Sawtooth. Como astigmatismo, fiz de conta que estava em casa.

CAPÍTULO DE RODAPÉ AO "PROJETO DE MANDAR O ANÃO DA PESCA DE TRUTA NA AMÉRICA PARA NELSON ALGREN"

Ora, ora, o Anão da Pesca de Truta na América voltou, mas não acredito que vá ser como antes. Os bons tempos acabaram porque o Anão da Pesca de Truta na América ficou famoso. O cinema o descobriu.

Semana passada o "Cinema Novo" o tirou da cadeira de rodas e o depositou numa viela calçada de pedras. Depois gravaram algo com ele. Ele perorou e desvariou e puseram isso no filme.

Depois com certeza vão pôr em cima uma voz diferente. Será uma voz nobre e eloquente denunciando a falta de humanidade do homem com o homem em termos nada ambíguos.

"Anão da Pesca de Truta na América, *mon amour.*"

O solilóquio começará assim: "Já fui um famoso saltimbanco conhecido em todo o país como 'O Grilo Nijinsky'. Só queria o melhor do melhor. Louras lindas me acompanhavam por onde eu fosse." Etc.

Eles vão espremer isso ao máximo e fazer creme de leite e manteiga com duas pernas de calça e um orçamento restrito.

Mas posso estar errado. Talvez a filmagem fosse apenas uma cena de um novo filme de ficção científica, "O Anão da Pesca de Truta na América caiu do espaço sideral". Pode ser um filme barato de suspense sobre o tema "Os cientistas, loucos ou não, não devem querer ser Deus". O filme termina com o castelo em chamas e um monte de gente voltando a pé para casa por uma mata escura.

BRINQUEDO DE CRIANÇA,
BRINQUEDO DE BANQUEIRO

No princípio era árvore, neve e pedra, as montanhas do outro lado do lago nos prometendo a eternidade; mas o lago mesmo estava era cheio de barrigudinhos concentrados perto das margens, ocupados em trabalhar horas extras no estilo Mack Sennett.

Os barrigudinhos eram atração turística em Idaho. Deviam transformá-los em Patrimônio Nacional. Nadando perto da margem, como crianças, esses peixinhos acreditam que são imortais.

Um aluno do terceiro ano de engenharia da Universidade de Montana tentava pegar alguns barrigudinhos, mas do jeito errado. O mesmo fizeram as crianças que tinham ido passar lá o feriado de 4 de julho.

As crianças entraram no lago e tentaram pegar os barrigudinhos com as mãos. Depois experimentaram pegá-los com caixas de leite e com sacos de plástico. Presentearam o lago com horas de esforço humano. O resultado foi um barrigudinho só. Ele saltou de uma lata cheia d'água para a mesa dos meninos e morreu debaixo da mesa, arfando em busca de água enquanto a mãe dos meninos fritava ovos no fogão Coleman.

A mãe pediu desculpa. Ela devia estar vigiando o peixe — FOI O MEU FRACASSO TERRENO —, segurando o peixe morto pelo rabo, o peixe recebendo todos os aplausos como um jovem comediante judeu falando de Adlai Stevenson.

O aluno do terceiro ano de engenharia da Universidade de Montana pegou uma lata vazia e fez nela uma série de buracos formando um lindo desenho, rodeando-a várias vezes como um cachorro com um hidrante na boca. Depois amarrou a lata num barbante e pôs dentro dela um enorme ovo de salmão e um pedaço de queijo suíço. Após duas horas de decepção muito íntima e universal, o estudante voltou para Missoula, Montana.

A mulher que viaja comigo descobriu a melhor maneira de pegar barrigudinhos. Com uma caçarola grande que tinha no fundo os resíduos de um distante pudim de baunilha ela fez assim: pôs a caçarola na água rasa da beira do lago, e imediatamente centenas de barrigudinhos se juntaram em volta. Então, hipnotizados pelo pudim de baunilha, se enfiaram caçarola adentro como uma cruzada de crianças. Ela pegou vinte de uma vez. Pôs a caçarola cheia de peixinhos na areia e o bebê brincou com eles durante uma hora.

Ficamos vigiando o bebê para que ele apenas se debruçasse sobre os peixes. Não queríamos que matasse nenhum dos peixes porque ele era muito novinho.

Em vez de fazer o barulho para bichos fofinhos, ele se adaptou rápido à diferença entre animais e peixes, e logo estava fazendo um barulho que não era fofo, um barulho poderoso.

O bebê pegou um peixe e ficou olhando por algum tempo. Tomamos o peixe e o pusemos de novo na caçarola. Depois de algum tempo ele também já colocava os peixes de volta na caçarola.

Então se cansou disso tudo. Virou a caçarola e uma dúzia de peixes ficou tremelicando na areia. Brinquedo de criança, brinquedo de banqueiro. O bebê catou aquelas coisinhas prateadas uma a uma e as pôs de volta na caçarola. Ainda havia um pouco d'água nela. Os peixes gostaram. Isso a gente via.

Quando o bebê se cansou dos peixes, nós os devolvemos ao lago. Ainda estavam vivos, mas nervosos. Duvido que voltem a se interessar por pudim de baunilha.

HOTEL PESCAR TRUTA NA AMÉRICA, QUARTO 208

A meio quarteirão da esquina das ruas Broadway e Columbus fica o Hotel Pescar Truta na América, um hotel barato. É muito velho, de uns chineses. São chineses jovens e ambiciosos e o saguão cheira a Lysol.

O Lysol se senta como hóspede na mobília estofada, lendo a seção de esportes do *Chronicle*. É a única mobília que vi na vida que se parece com comida de criança.

O Lysol dorme sentado perto de um velho pensionista italiano que fica escutando o forte tique-taque do relógio e sonha com o macarrão dourado da eternidade, com manjericão e Jesus Cristo.

Os chineses estão sempre fazendo alguma coisa com o hotel. Uma semana eles pintam um corrimão da escada e na semana seguinte trocam o papel de parede de parte do terceiro andar.

Não importa quantas vezes qualquer pessoa passe por essa parte do terceiro andar, é impossível recordar qual é a cor e qual é a estampa do papel. Só se sabe é que parte do papel é nova. É diferente do papel antigo. E também não se pode lembrar como era o papel antigo.

Um dia os chineses tiram uma cama de um dos quartos e a encostam na parede. Durante um mês ela fica ali. As pessoas se acostumam a vê-la mas, um dia, cadê a cama?

Me lembro da primeira vez que entrei no Hotel Pescar Truta na América. Fui com um amigo, para visitar umas pessoas.

— É o seguinte — disse meu amigo. — Ela é batalhadora, trabalha na telefônica. Ele cursou medicina por algum tempo durante a Grande Depressão, depois entrou para o show business. Mas não durou e foi trabalhar em uma clínica de abortos em Los Angeles. Pisou na bola e passou uma temporada na prisão de San Quentin.

"Você vai gostar deles. São gente fina.

"Ele a conheceu há uns dois anos em North Beach. Ela estava nas mãos de um cafetão negro que a explorava. É complicado. Há mulheres que nascem para ser putas, outras não. Ela é das que não levam jeito para a coisa. E é negra, também.

"Quando adolescente, ela vivia numa fazenda no Oklahoma. O cafetão passou lá uma tarde e ela estava brincando na varanda. Ele parou o carro e saiu e conversou com o pai dela.

"Acho que deu dinheiro ao pai dela. E saiu satisfeito porque o pai disse a ela para arrumar as coisas. E ela saiu com o cafetão. Simples assim.

"Ele a enfeitou e a soltou nas ruas em São Francisco, e ela não gostou. Ele a mantinha ali pelo terror. Era um galã perfeito.

"Ela não era burra, e ele arranjou emprego de telefonista para ela, só durante o dia, porque de noite ele queria ela se virando para ele.

"Quando Art foi buscá-la, o cafetão virou bicho. Seu filho disso e daquilo etc. Ele invadia o quarto de hotel de Art no meio da noite, encostava um canivete na garganta de Art e xingava e ameaçava. Art colocava travas cada vez maiores na porta, mas o cara entrava assim mesmo. Era grandalhão.

"Aí Art comprou uma pistola 32, e quando o cara arrombou a porta Art pegou o revólver debaixo das cobertas, enfiou na boca do cara e disse: 'Vai lhe faltar sorte na próxima vez que você arrombar esta porta, Jack.' Isso desmontou o cara. Ele nunca mais voltou. Sem dúvida o cafetão perdeu um patrimônio.

"Mas deixou umas contas que somam uns milhares de dólares no nome dela, contas, cobranças, coisas assim. Os dois ainda estão pagando.

"O revólver fica na mesa de cabeceira para o caso de o cara ter um ataque de amnésia e querer ter os sapatos lustrados numa agência funerária.

"Quando subirmos, ele vai beber vinho. Ela não. Ela vai beber uma garrafa pequena de conhaque. Não vai nos oferecer nem um gole. Ela bebe quatro dessas garrafas por dia. Nunca compra uma quinta garrafa. Ela está sempre saindo para comprar outra meia garrafa.

"É assim que ela faz. Não é de falar muito nem de dar escândalo. É uma mulher bonita."

Meu amigo bateu na porta e ouvimos alguém levantar da cama para nos atender.

— Quem é? — perguntou uma voz de homem.

— Eu — disse meu amigo numa voz grave e reconhecível como se fosse um nome.

— Vou abrir. — Uma frase simples. Ele destrancou umas cem travas, ferrolhos e correntes e âncoras e cavilhas de ferro e cânulas cheias de ácido, e finalmente a porta se abriu como a de uma grande universidade, e tudo estava no lugar certo: o revólver ao lado da cama e uma garrafa pequena de conhaque ao lado de uma negra bonita.

Havia muitas plantas e flores no quarto. Algumas estavam na penteadeira, cercadas de fotos antigas. Todas as fotos eram de gente branca, inclusive uma de quando Art era jovem e bonito e parecido com os anos de 1930.

Havia fotos de bichos recortadas de revistas e pregadas na parede, com molduras falsas pintadas a giz de cera e penduradas com cordas falsas também pintadas. Eram fotos de cachorrinhos e gatinhos. Tudo muito lindo.

Havia um aquário em forma de globo com peixes dourados perto da cama, ao lado do revólver. Os peixes dourados e o revólver juntos tinham um ar religioso e íntimo.

Eles tinham um gato chamado 208. O chão do banheiro era coberto com jornal para o gato cagar. Meu amigo disse que 208 pensava que era o único gato restante no mundo porque não tinha visto nenhum outro desde que era um filhote. Nunca o deixavam sair do quarto. Era um gato vermelho e muito agressivo. Quando alguém brincava com ele, ele mordia mesmo. Quem fizesse carinho corria o risco de ter a mão estripada como se fosse uma barriga cheia de intestinos supermoles.

Ficamos sentados bebendo e falando de livros. Art tinha muitos livros em Los Angeles, agora não mais. Contou que quando estava no show business e viajava por todo o país, passava as horas de folga em sebos comprando livros antigos e fora do comum. Alguns eram muito raros e autografados e comprados por uma insignificância, mas ele também fora obrigado a vendê-los por uma insignificância.

— Estariam valendo muito hoje — disse Art.

A mulher negra ficava sentada e calada estudando o conhaque. Umas duas vezes ela disse sim, de um jeito muito simpático. Ela tirava todas as vantagens da palavra sim ao pronunciá-la do nada e isolada de outras palavras.

Cozinhavam no quarto e tinham um único fogareiro elétrico descansando no chão, perto de meia dúzia de plantas, entre elas um pessegueiro saindo de uma lata de café. O armário deles era estufado de comida. Ao lado de camisas e casacos e vestidos havia conservas, ovos e latas de óleo.

Meu amigo me disse que ela era uma cozinheira de mão-cheia. Sabia fazer refeições gostosas e pratos sofisticados naquele único fogareiro elétrico perto do pessegueiro.

O mundo deles era bom. Ele tinha voz e maneiras tão suaves que trabalhava como enfermeiro particular para doentes mentais ricos. Ganhava bem quando trabalhava, mas às vezes adoecia. Andava esgotado. Ela ainda trabalhava na companhia telefônica, mas não tinha mais aquele trabalho noturno.

Eles ainda estavam pagando as contas deixadas pelo cafetão. Anos tinham se passado e eles ainda estavam pagando aquelas contas: um Cadillac, uma aparelhagem de som, roupas caras e todas aquelas coisas que cafetões negros adoram ter.

Voltei lá meia dúzia de vezes depois dessa primeira. E algo interessante aconteceu. Fiz de conta que 208, o gato, tinha o nome tirado do número do quarto, mesmo sabendo que o número do quarto deles era na casa dos trezentos. Porque o quarto era no terceiro andar. Não é simples?

Sempre fui ao quarto deles seguindo a geografia do Hotel Pescar Truta na América, e não o seu esquema numérico. Nunca soube qual era o número do quarto deles. Secretamente eu sabia que a numeração caía na casa dos trezentos, e só isso.

Era mais fácil organizar a minha mente fazendo de conta que o nome do gato era o número do quarto. Parecia uma boa ideia e também uma razão lógica para um gato se chamar 208. Mas não era. Tinha nada a ver. O nome do gato era 208 e o número do quarto era na casa dos trezentos.

De onde teria vindo o nome 208? Que significaria? Andei pensando nisso, mas sem que o resto de minha mente soubesse. Mas não estraguei o meu aniversário pensando muito no assunto.

Um ano depois descobri o verdadeiro significado do nome 208, e foi acidentalmente. Um sábado de manhã, quando o sol brilhava nos morros, meu telefone tocou. Era um grande amigo meu.

— Estou em apuros. Venha me salvar. Estão acendendo velas pretas em volta do meu destino.

Fui ao juizado pagar a fiança para soltarem o meu amigo e descobri que 208 é o número da sala do oficial de fiança. Simples. Paguei dez dólares pela vida do meu amigo e descobri o significado de 208, e como ele escorre montanha abaixo qual neve derretida até alcançar um gato que mora e brinca no Hotel Pescar Truta na América, julgando-se o último gato do mundo por não ter visto nenhum outro gato em muito tempo, totalmente impávido, jornais espalhados no chão do banheiro e alguma coisa boa cozinhando no fogareiro elétrico.

O CIRURGIÃO

Assisti ao começo do meu dia no lago Little Redfish com a clareza da primeira luz da manhã ou do primeiro raio do sol, mesmo tendo a manhã e a aurora ocorrido há muito tempo, porque o dia estava quase no meio.

O cirurgião tirou uma faca da bainha presa ao cinto e cortou a garganta da carpa com um gesto delicado, mostrando poeticamente que a faca estava afiadíssima, e jogou o peixe de volta ao lago.

A carpa produziu um desagradável barulho mortal na água e obedeceu a todas as leis do trânsito deste mundo ZONA ESCOLAR VELOCIDADE 40 KM e afundou até encostar no fundo do lago frio. Depois ficou lá de barriga branca para cima como um ônibus escolar coberto de neve. Uma truta nadou por cima e deu uma olhada, só para fazer hora, e seguiu adiante.

Eu e o cirurgião estávamos falando da AMA. Não sei por que cargas d'água chegamos a esse assunto, mas era disso que estávamos falando. Ele limpou a faca e guardou na bainha. Não sei mesmo por que falávamos da Associação Médica Americana.

O cirurgião disse que tinha gasto vinte e cinco anos para ser médico. Seus estudos foram interrompidos pela Depressão e pelas duas guerras. Disse que abandonaria a profissão se a medicina fosse socializada na América.

— Nunca recusei um paciente em toda a minha vida, e não conheço nenhum outro médico que tenha recusado. Ano passado cancelei seis mil dólares de contas que não me pagaram. Maus pagadores — disse ele.

Tive vontade de dizer que uma pessoa doente não deve em nenhuma circunstância ser considerada um mau pagador, mas resolvi esquecer. Nada se provaria nem se mudaria numa conversa ali à beira do lago Little Redfish; e como aquela carpa descobrira, aquele não era o lugar ideal para a realização de uma cirurgia plástica.

— Há três anos trabalhei para um sindicato no sul do Utah que tinha um plano de saúde — disse o cirurgião. — Não me interessa exercer medicina em tais condições. Os pacientes pensam que são donos de você e do seu tempo. Pensam que você é a lata de lixo particular deles.

"Estou em casa jantando e o telefone toca. 'Socorro, doutor! Estou morrendo. É o estômago! Dói pra burro!' Interrompo o jantar e corro para vê-lo.

"O cara me recebe na porta com uma lata de cerveja na mão. 'Olá, doutor. Entre. Vou pegar uma cerveja pra

136

você. Estou vendo televisão. A dor passou. Maravilha, não? Estou ótimo. Sente-se. Vou pegar a sua cerveja. É o show de Ed Sullivan.'

"Pra mim chega. Não me interessa exercer a medicina em tais condições. Pra mim chega. Chega.

"Gosto de caçar e pescar. Por isso é que me mudei para Twin Falls. Me falaram tanto sobre caçar e pescar em Idaho. Fiquei decepcionado. Larguei minha clínica, vendi minha casa em Twin e agora estou à procura de outro lugar para me instalar.

"Escrevi para Montana, Wyoming, Colorado, Novo México, Arizona, Califórnia, Nevada, Oregon e Washington pedindo seus regulamentos de caça e pesca. Estou estudando todos esses regulamentos.

"Tenho recursos suficientes para viajar durante seis meses até achar um lugar que ofereça boas condições para caçar e pescar. Se não trabalhar mais este ano, terei mil e duzentos dólares de devolução de imposto. São duzentos dólares mensais por não trabalhar. Não entendo este país."

A mulher e os filhos do cirurgião estavam em um trailer perto. O trailer tinha chegado à noite, rebocado por uma camionete Rambler novíssima. Os filhos eram um menino de dois anos e meio e um bebê prematuro mas já chegando ao peso normal.

O cirurgião disse que tinham acampado no rio Big Lost, onde pescara uma truta de vinte centímetros.

Ele parecia ser jovem, apesar de não ter muito cabelo na cabeça.

Conversei um pouco mais com ele e me despedi. À tarde partiríamos para o lago Josephus, na fronteira da selva do Idaho, e ele partiria para a América, que muitas vezes é apenas um lugar na mente.

NOTA SOBRE A FEBRE DE CAMPING
QUE ASSOLA A AMÉRICA

Mais do que tudo, a lanterna Coleman é o símbolo da febre de camping que assola a América, com a sua profana luz branca iluminando as florestas.

No verão, um Mr. Norris bebia em um bar de São Francisco. Era uma noite de domingo, e ele já havia entornado seis ou sete. Voltando-se para o cara na banqueta ao lado, Norris perguntou:

— Está a fim de quê?

— De tomar umas e outras — respondeu o cara.

— É o que estou fazendo — disse Norris. — Gosto disso.

— Entendo o que diz — falou o outro. — Tive de fazer uma pausa por dois anos. Estou recomeçando agora.

— Qual foi o problema?

— Um buraco no fígado.

— No fígado? — perguntou Norris.

— É. O surja disse que dava para fincar uma bandeira. Está melhor agora. Já posso tomar um ou outro de vez em quando. Não devia, mas não vai me matar.

— Veja só. Estou com trinta e dois anos — disse Norris. — Tive três mulheres, e não me lembro dos nomes de meus filhos.

O cara da banqueta ao lado, como um pássaro de uma outra ilha, deu uma bicada no uísque com soda. O cara gostava do ruído do álcool no drinque. Pousou o copo no balcão.

— Mas isso não é problema — disse o cara a Mr. Norris. — A melhor coisa que conheço para lembrar os nomes de filhos de casamentos anteriores é ir acampar, tentar pescar truta. Pescar truta é uma das melhores coisas que existem para lembrar nomes de filhos.

— Não me diga uma coisa dessa — disse Mr. Norris.

— Verdade — disse o cara.

— Está aí uma ideia — disse Norris. — Preciso fazer alguma coisa. Às vezes penso que um deles se chama Carl, mas isso é impossível. Minha terceira ex detestava esse nome.

— Experimente um acampamentozinho e uma pesca de truta — disse o cara da banqueta ao lado. — Você vai lembrar os nomes dos filhos que ainda não nasceram.

— Carl! Carl! Sua mãe está chamando — gritou Mr. Norris como piada, mas logo percebeu que não tinha graça. Ele estava chegando lá.

Mais duas doses e a cabeça dele cairia para a frente e bateria no balcão como um tiro. Ele sempre errava o copo, por isso não cortava o rosto. Depois a cabeça se ergueria e olharia espantada em volta, as pessoas também olhando para ela espantadas. Aí ele se levantaria e levaria a cabeça para casa.

No dia seguinte Mr. Norris foi a uma loja de material de esporte e comprou o equipamento a crédito. Comprou a crédito também uma barraca 3m × 3m de alumínio. Depois comprou a crédito um saco de dormir forrado com penugens e um colchão pneumático e um travesseiro de ar para combinar com o saco de dormir. Comprou a crédito também um despertador de ar para combinar com a ideia noturna de acordar de manhã.

Mandou pôr na conta também um fogão Coleman de duas bocas, uma lanterna Coleman, uma mesa dobrável de alumínio, um conjunto de muitas peças de panelas de alumínio, daquelas que cabem uma dentro da outra, da menor à maior, e uma geladeira portátil.

Os últimos artigos que ele mandou pôr na conta foram o equipamento de pesca e um vidro de repelente de insetos.

No dia seguinte partiu para as montanhas.

Horas depois, quando chegou nas montanhas, as primeiras dezesseis áreas de acampamento onde parou estavam cheias. Ficou admirado. Não imaginava que as montanhas estariam tão superlotadas.

Na décima sétima área um homem tinha acabado de morrer do coração e a equipe da ambulância estava desarmando a barraca do morto. Abaixaram a estrutura central e arrancaram os tocos dos cantos. Dobraram a barraca bem dobradinha e a puseram na ambulância, ao lado do cadáver.

Rodaram estrada abaixo deixando atrás uma nuvem de brilhante poeira branca. A poeira parecia a luz de uma lanterna Coleman.

Mr. Norris armou a barraca ali mesmo e instalou todo o equipamento e logo tudo estava nos conformes. Depois de um jantar de estrogonofe desidratado, desligou todo o equipamento na chave mestra e foi dormir porque já estava escuro.

Foi por volta da meia-noite que trouxeram o cadáver e o puseram ao lado da barraca, a menos de meio metro do lugar onde Mr. Norris dormia em seu saco de dormir.

Ele acordou quando chegaram com o cadáver. Esses não eram dos mais silenciosos carregadores de cadáveres do mundo. Mr. Norris podia ver o bojo do cadáver quase encostado na lateral da barraca. O que o separava do morto era só uma fina camada de menos de meio milímetro de popeline AMERIFLEX verde impermeável à água e ao orvalho.

Mr. Norris correu o zíper do saco de dormir e saiu da barraca com uma tremenda lanterna em forma de cão de caça. Viu os carregadores de cadáver descendo a trilha do riacho.

— Ei! Vocês aí — gritou Mr. Norris. — Voltem aqui. Vocês esqueceram uma coisa.

— Comé-que-é? — disse um deles. Apanhados nos dentes da lanterna, os dois ficaram apalermados.

— Vocês sabem — disse Mr. Norris. — Voltem já.

Os carregadores de cadáver deram de ombros, olharam um para o outro e voltaram sem entusiasmo, arrastando os pés como crianças. Apanharam o cadáver. Era pesado, e um deles teve dificuldade em segurar os pés.

Foi esse quem disse, meio sem esperanças:

— Será que o senhor não vai mudar de ideia?

— Boa noite e boa viagem — disse Mr. Norris.

Eles desceram a trilha do riacho, carregando o cadáver no meio deles. Mr. Norris apagou a lanterna e ainda os ouviu tropeçando nas pedras a caminho do riacho. Ouviu-os xingando um ao outro. Ouviu um dizer "segure direito a sua ponta". Depois não ouviu mais nada.

Alguns minutos depois ele viu uma confusão de luzes se acendendo em outra área de acampamento à beira do riacho. Ouviu uma voz longe gritando "Aqui não. Vocês já acordaram as crianças. Elas precisam descansar. Amanhã vamos fazer uma caminhada de seis quilômetros até o lago Fish Konk. Procurem outro lugar".

DE VOLTA À CAPA DO LIVRO

Prezado Pescar Truta na América:

Encontrei seu amigo Fritz na Washington Square. Ele me pediu para dizer a você que o caso dele foi a julgamento e que ele foi absolvido pelo júri.

Disse que era importante que eu dissesse a você que o caso dele foi a julgamento e que ele foi absolvido pelo júri, então estou dizendo de novo.

Ele me pareceu muito bem. Estava tomando sol. Tem um ditado que diz: "É melhor descansar na Washington Square do que numa casa de correção na Califórnia."

Como vai tudo em Nova York?

Com carinho,

"Admirador Ardente"

Prezado Admirador Ardente:

Foi bom saber que Fritz está livre. Ele estava muito preocupado com o processo. Na última vez que estive em São Francisco, ele me disse que a expectativa era 9-1 a favor da condenação. Aconselhei-o a contratar um bom advogado. Parece que ele seguiu o meu conselho e também teve muita sorte. Essa combinação sempre dá certo.

Você pergunta sobre Nova York, e Nova York está um forno.

Estou visitando uns amigos, um ladrãozinho e a mulher dele. Ele está desempregado e a mulher trabalha de garçonete em um bar. Ele procura trabalho mas receio o pior.

Ontem o calor era tanto que dormi enrolado em um lençol molhado para me refrescar. Me senti como um doente mental.

Acordei no meio da noite com o quarto tomado do vapor que saía do lençol, e no chão e nos móveis havia coisas da selva, equipamento velho e flores tropicais.

Levei o lençol para o banheiro, joguei-o na banheira e abri a torneira de água fria. O cachorro da casa apareceu e ficou latindo para mim.

O cachorro latia tão alto que o banheiro logo ficou cheio de gente morta. Uma delas quis usar o meu lençol como mortalha. Não deixei, discutimos muito e acordamos os porto-riquenhos do apartamento ao lado. Eles esmurraram a parede.

Os mortos foram embora irritados.

— Sabemos quando não estamos agradando — disse um.

— Não enche — respondi.

Eu já estava cheio.

Vou me mandar de Nova York. Amanhã viajo para o Alasca. Vou procurar um riacho gelado perto do Ártico onde tem aquele estranho e lindo musgo e vou passar uma semana com os salmonídeos. Meu endereço será:

Pescar Truta na América,
a/c Posta Restante,
Fairbanks, Alasca.

Seu amigo,
Pescar Truta na América

OS DIAS NO LAGO JOSEPHUS

Deixamos o lago Little Redfish e fomos para o Josephus, viajando por bonitos nomes — Stanley, Capehon, Seafoam, rio Rapid, riacho Float, nascente Greyhound e finalmente lago Josephus, e dias mais tarde subimos a trilha para o lago Hell-diver, eu com o bebê no ombro e uma boa cota de trutas me esperando no Hell-diver.

Sabendo que as trutas ficariam lá nos esperando como bilhetes de avião, paramos nas fontes Mushroom para um tomar gole de água fria e umbrosa e tirar algumas fotos de mim com o bebê sentados num tronco.

Espero ter dinheiro algum dia para revelar essas fotos. Às vezes fico curioso para saber se vão ficar boas. Por enquanto estão em suspensão, como sementes em pacotes. Quando forem reveladas estarei mais velho e fácil de agradar. Olhem, este é o bebê! Olhem, as fontes Mushroom! Olhem, sou eu!

Peguei a cota de trutas uma hora depois de ter chegado ao Hell-diver, e minha mulher, entusiasmada com a boa pesca, deixou o bebê dormir no sol, e quando ele acordou vomitou e eu o levei embora trilha acima.

Minha mulher seguiu atrás calada, carregando a tralha e os peixes. O bebê vomitou mais duas vezes, de cada vez um dedal de delicado vômito alfazema, que mesmo pouco sujou minha roupa. O rosto do bebê estava quente e rosado.

Paramos nas fontes Mushroom. Dei água ao bebê, não muita, e lavei o gosto de vômito da boca dele. Limpei o vômito de minha roupa, e de repente, por algum motivo estranho, o tempo ficou perfeito ali em Mushroom para pensar no que teria acontecido ao terno Engole Ele.

Com a Segunda Guerra Mundial e as Andrew Sisters, o terno Engole Ele foi muito popular no começo dos anos 1940. Pode ter sido moda passageira.

Uma criança doente na estrada de Hell-diver em julho de 1961 talvez seja uma preocupação mais importante. O assunto não pode ficar em suspenso para sempre, não se pode deixar um bebê doente tomar seu lugar na galáxia, entre os cometas, para passar perto da Terra a cada cento e setenta e três anos.

Ela parou de vomitar depois de Mushroom. Carreguei-a trilha abaixo novamente, entrando e saindo de sombras e passando por outras fontes sem nome, e quando chegamos ao lago Josephus o bebê já estava bom.

Logo ele já corria com uma enorme truta-bandida nas mãos como se carregasse uma harpa para um concerto — dez minutos atrasado, sem ônibus nem táxi à vista.

PESCAR TRUTA NA RUA
DA ETERNIDADE

Calle de Eternidad: subimos a pé desde Gelatao, terra de Benito Juarez. Em vez de pegar a estrada, seguimos uma trilha acompanhando o riacho. Uns estudantes de Gelatao nos disseram que a trilha do riacho era um atalho.

O riacho era limpo mas leitoso e pelo que me lembro o atalho tinha uns trechos íngremes. Encontrávamos pessoas que desciam pelo mesmo caminho porque aquele era realmente um atalho. Eram todos índios carregando alguma coisa.

Finalmente a trilha se afastou do riacho e subimos um morro e chegamos ao cemitério. Era um cemitério muito velho e meio abandonado, com o mato e a morte crescendo como parceiros de dança.

Uma rua empedrada ligava o cemitério à cidade de Ixtlan (pronuncia-se istlon), no alto de outro morro. Até chegarmos à cidade, não havia casas na rua.

No cabelo do mundo, a rua era muito íngreme na entrada em Ixtlan. Uma placa apontava de volta ao cemitério, acompanhando cada pedra do calçamento com muito carinho, de ponta a ponta.

A subida nos deixou sem fôlego. A placa dizia Calle de Eternidad. Apontando.

Nem sempre fui desbravador do mundo, visitando lugares exóticos no sul do México. Já fui apenas um menino trabalhando para uma velha na costa do Pacífico. Tinha noventa-e-tantos anos e eu trabalhava para ela aos sábados depois da escola e durante o verão.

Às vezes ela me dava almoço, sanduichinhos de ovo com as beiradas cortadas como por um cirurgião, e me dava lascas de banana cobertas com maionese.

A velha morava sozinha numa casa que parecia irmã gêmea dela. A casa tinha quatro andares e pelo menos trinta quartos e a velha tinha um metro e meio de altura e pesava uns quarenta quilos.

Ela tinha um rádio enorme dos anos 1920 na sala de estar e o rádio era a única coisa na casa que parecia remotamente ser deste século, mas mesmo assim pairava uma dúvida em minha mente.

Muitos carros, aviões e aspiradores de pó, geladeiras e coisas dos anos 1920 parecem ter vindo da década de 1890. Foi a beleza de nossa velocidade que fez isso com essas coisas, envelheceu-as prematuramente nas roupas e na maneira de pensar das pessoas de outro século.

A velha tinha um cachorro também velho, mas esse praticamente não contava mais. Era tão velho que parecia cachorro empalhado. Uma vez levei-o comigo para fazer compras. Foi como levar um cachorro empalhado para passear. Amarrei-o a um hidrante empalhado e ele mijou no hidrante, mas foi um mijo empalhado.

Entrei na loja e comprei uns empalhados para a velha. Não sei se foi meio quilo de café ou um vidro de maionese.

Fiz trabalhos para ela como roçar ervas daninhas. Na década de 1920 (ou teria sido na de 1890?) ela viajava de carro pela Califórnia. O marido parou num posto e disse ao empregado para completar o tanque.

— E umas sementes de flores do campo? — perguntou o empregado.

— Não — respondeu o marido. — Gasolina.

— Eu sei, doutor. É que hoje estamos oferecendo sementes de flores do campo com a gasolina.

— Então tá. Aceito umas sementes de flores do campo. Mas não esqueça de completar o tanque com gasolina. O que eu quero mesmo é gasolina.

— Elas vão alegrar o seu jardim, doutor.

— A gasolina?

— Não, doutor. As flores.

Eles voltaram para a costa do Pacífico, plantaram as sementes, que eram de espinheiros canadenses. Todo ano eu os cortava e eles sempre cresciam de novo. Despejei veneno neles e eles sempre voltavam a crescer.

Xingamentos eram adubo para eles. Uma porrada na nuca era harpejo para eles. Aqueles espinheiros canadenses iam ficar ali para sempre. Obrigado, Califórnia, por suas lindas flores do campo. Todo ano eu as cortava.

Fiz outros trabalhos para ela, como aparar o gramado com um triste cortador de grama velho. Quando fui trabalhar para ela, ela me disse para ter cuidado com o cortador de grama. Um itinerante tinha parado ali semanas antes e pedido trabalho para poder alugar um quarto de hotel e ter o que comer. A velha disse que ele podia aparar o gramado.

— Obrigado, madame — disse ele e começou. Entrou em ação e de saída decepou três dedos da mão direita com aquela máquina medieval.

Sempre tive muito cuidado com aquele cortador de grama, sabia que em algum recanto dali viviam três dedos fantasmagóricos. Eles não precisavam da companhia de dedos meus. Meus dedos estavam muito bem onde estavam, isto é, nas minhas mãos.

Limpei o jardim de pedras da velha e deportei todas as cobras que encontrei. Ela queria que eu as matasse, mas eu não via nenhum ganho em desperdiçar uma cobra não venenosa. Mas eu precisava afastar aquelas coisas dali porque a velha sempre me prometia que infartaria se pisasse em uma cobra.

Então eu pegava as bichas e as deportava para um pátio do outro lado da rua, onde nove outras velhinhas provavelmente infartaram e morreram ao achar aquelas cobras em suas escovas de dentes. Felizmente eu nunca estava por perto quando os seus corpos eram levados.

Eu desentranhava as amoras bravas e os lilases. De vez em quando a velha me dava uns lilases para eu levar para casa, e eles eram sempre lindos e eu me sentia muito bem descendo a rua com os lilases bem à mostra, imponentes como copos daquela famosa bebida de criança: o delicioso vinho de pétalas.

Eu cortava lenha para o fogão. A velha cozinhava num fogão a lenha e aquecia a casa no inverno com um forno a lenha grandalhão que ela manejava como um comandante de submarino em um mar escuro de porão no inverno.

No verão eu enfiava feixes e mais feixes de lenha naquele porão, até ficar de miolo mole e tudo parecer lenha, inclusive as nuvens no céu e os carros estacionados na rua e os gatos.

Eu fazia uma infinidade de coisas pequeninas. Achar uma chave de fenda perdida em 1911. Colher um balde de cerejas para ela fazer torta na primavera e pegar o resto das cerejas para mim. Podar aquelas árvores delinquentes, na melhor das hipóteses libertinas, do quintal. Aquelas que cresceram ao lado de um velho monte de lenha. E as ervas daninhas.

Um dia no outono ela me emprestou à vizinha e consertei a goteira do telhado do depósito de lenha dela. Essa vizinha me deu um dólar, e eu disse obrigado, e na primeira chuva todos os jornais que ela vinha guardando há dezessete anos para acender fogo ficaram encharcados. Desse dia em diante eu recebia um olhar irado toda vez que passava na porta dela. Tive sorte de não ser linchado.

Eu não trabalhava para a velha no inverno. Meu ano terminava no fim de outubro, quando eu juntava as folhas ou transportava a derradeira cobra resmungante para passar o inverno no Valhala das escovas de dentes das outras velhinhas da casa em frente.

Na primavera a velha me chamava por telefone. Eu sempre ficava surpreso de ouvir a vozinha dela, surpreso por ela ainda estar viva. Eu montava em meu cavalo e ia para a casa dela e tudo começava de novo e eu ganhava uns trocados e alisava o pelo aquecido de sol do cachorro empalhado.

Um dia na primavera ela me fez subir ao sótão para limpar umas caixas não sei de quê e jogar fora uns não sei o quê e pôr uns não sei o quê de volta a seus apropriados lugares imaginários.

Passei três horas sozinho lá em cima. Era a primeira vez que eu subia lá e foi a última, graças a Deus. O sótão estava entulhado até a tampa com entulho.

Tudo o que é velho neste mundo estava lá. Passei a maior parte do tempo só olhando.

158

Uma mala velha chamou minha atenção. Desafivelei as fivelas, destranquei todas as tranquetas e abri o raio da mala. Estava entupida de apetrechos de pesca. Varas e molinetes e linhas e botas e balaios e também uma caixa de metal cheia de iscas e engodos e anzóis.

Alguns anzóis ainda tinham minhocas enfiadas neles. As minhocas eram velhas de anos e décadas e estavam petrificadas nos anzóis. Agora elas faziam parte do anzol da mesma forma que o próprio metal.

Havia na mala um velho escafandro de Pescar Truta na América, e perto de um capacete de pesca castigado pelo tempo vi um diário. Abri o diário na primeira página e ele dizia:

Diário de Pescar Truta de Alonso Hagen

Parecia que era o nome do irmão da velha, o irmão que tinha morrido de uma doença estranha quando era jovem, informação que colhi ficando de ouvidos atentos e olhando um retrato grande instalado na sala da frente.

Passei à página seguinte do velho diário e encontrei estas colunas:

Excursões e trutas perdidas

7 abril 1891	Trutas perdidas	8
15 abril 1891	Trutas perdidas	6
23 abril 1891	Trutas perdidas	12
13 maio 1891	Trutas perdidas	9
23 maio 1891	Trutas perdidas	15
24 maio 1891	Trutas perdidas	10
25 maio 1891	Trutas perdidas	12
2 junho 1891	Trutas perdidas	18
6 junho 1891	Trutas perdidas	15
17 junho 1891	Trutas perdidas	7
19 junho 1891	Trutas perdidas	10
23 junho 1891	Trutas perdidas	14
4 julho 1891	Trutas perdidas	13
23 julho 1891	Trutas perdidas	11
10 agosto 1891	Trutas perdidas	13
17 agosto 1891	Trutas perdidas	8
20 agosto 1891	Trutas perdidas	12
29 agosto 1891	Trutas perdidas	21
3 setembro 1891	Trutas perdidas	10
11 setembro 1891	Trutas perdidas	7
19 setembro 1891	Trutas perdidas	5
23 setembro 1891	Trutas perdidas	3
Total de excursões 22	Trutas perdidas	239
Média de trutas perdidas por excursão		10,8

Olhei a terceira página. Era como a anterior, só que o ano era 1892 e nesse ano Alonso Hagen tinha feito 24 excursões e perdido 317 trutas, dando a média de 13,2 trutas perdidas por excursão.

A página seguinte se referia a 1893, quando os totais foram 33 excursões e 480 trutas perdidas, com a média de 14,5 trutas perdidas por excursão.

A página seguinte se referia a 1894. Ele tinha feito 27 excursões e perdido 349 trutas, com a média de 12,9 trutas perdidas por excursão.

A página seguinte se referia a 1895. Ele tinha feito 41 excursões e perdido 730 trutas, dando a média de 17,8 trutas perdidas por excursão.

A página seguinte se referia a 1896. Alonso Hagen só tinha feito 12 excursões e perdido 115 trutas, uma a média de 9,5 trutas perdidas por excursão.

A página seguinte se referia a 1897. Ele tinha feito uma excursão e perdido uma truta, média de uma truta perdida por excursão.

A última página do diário resumia os totais do período 1891-1897. Alonso Hagen havia pescado 160 vezes e perdido 2.231 trutas, com a média de 13,9 trutas por vez que pescou ao longo de 7 anos.

Abaixo do total geral tinha um epitafiozinho de Pescar Truta na América escrito por Alonso Hagen. Era mais ou menos assim:

"Para mim chega.
Pesquei por sete anos
e não peguei uma única truta.
Perdi todas as trutas que fisguei.
Elas escapavam
do anzol para o alto
ou para o lado
ou escapuliam
ou arrebentavam a linha
ou não beliscavam
ou chupavam cana.
Nunca cheguei a pôr as mãos numa truta.
Apesar de toda a frustração,
Foi uma experiência interessante
em perda total
mas ano que vem alguma outra pessoa
terá que ir pescar truta.
Alguma outra pessoa terá que ir
atrás delas."

A TOALHA

Descemos a estrada do lago Josephus e pegamos a de Seafoam. Paramos no caminho para beber água. Na floresta havia um singelo monumento. Fui até ele para ver o que se passava. A porta de vidro do mirante estava meio aberta e uma toalha secava pendurada do outro lado.

No centro do monumento havia uma fotografia. Era a clássica fotografia de guarda florestal que eu já conhecia, da América que existiu nos anos 1920 e 1930.

O homem da fotografia se parecia muito com Charles A. Lindbergh. Tinha a mesma nobreza e firmeza de expressão de *Spirit of St. Louis*, mas seu Atlântico Norte era a floresta de Idaho.

Tinha uma mulher aconchegada a ele. Era uma daquelas grandes mulheres aconchegantes do passado, usando aquelas calças típicas e aquelas botas de cano alto de amarrar.

Os dois estavam em pé à entrada do mirante. Atrás deles aparecia o céu, a coisa de um metro ou pouco mais. Naquele tempo as pessoas gostavam de tirar essa fotografia e de aparecer nela.

O monumento tinha uma inscrição. A inscrição dizia:

"EM HOMENAGEM A
CHARLEY J. LANGER,
GUARDA FLORESTAL
DA FLORESTA NACIONAL CHALLIS,
AO CAPITÃO PILOTO BILL KELLY
E AO COPILOTO ARTHUR A. CROFTS,
DO EXÉRCITO AMERICANO,
MORTOS EM ACIDENTE AÉREO
A 5 DE ABRIL DE 1943
PERTO DESTE LUGAR,
QUANDO PROCURAVAM SOBREVIVENTES
DE UM BOMBARDEIRO DO EXÉRCITO."

Ah, como estamos longe das montanhas onde uma fotografia encerra a lembrança de um homem. A fotografia está sozinha lá. A neve cai dezoito anos após a morte dele. A neve cobre a porta. A neve cobre a toalha.

CAIXA DE AREIA MENOS
JOHN DILLINGER IGUAL AO QUÊ?

Sempre volto à capa de *Pescar truta na América*. Peguei o bebê e desci até lá hoje cedo. Eles regavam a capa com grandes borrifadores giratórios. Vi alguns pães na grama. Foram deixados lá para os pombos.

Os italianos velhos sempre fazem dessas coisas. Com a água o pão tinha virado pasta e estava grudado à grama. Os pombos apáticos esperavam que a água e a grama mastigassem os pães para eles. Assim eles não teriam esse trabalho.

Pus o bebê para brincar na caixa de areia, sentei num banco e dei uma olhada ao meu redor. Na outra ponta do banco estava um beatnik. Estava sentado ao lado de um saco de dormir e comia pastéis de maçã. Tinha um saco de pastéis de maçã e os engolia como um peru. Esse era talvez um protesto mais eficaz do que fazer piquete em bases de mísseis.

O bebê brincava na caixa de areia. Estava com um vestido vermelho e a igreja católica se erguia imponente atrás desse vestido vermelho. Havia um mictório de tijolos entre o vestido vermelho e a igreja. E não era por acaso. Damas à esquerda, cavalheiros à direita.

Vestido vermelho, pensei. A mulher que entregou John Dillinger ao FBI não estava de vestido vermelho? Ela ficou conhecida como "A Mulher de Vermelho".

Achei que estava certo. Era um vestido vermelho, mas por enquanto nada de John Dillinger. Minha filha brincava sozinha na caixa de areia.

Caixa de areia menos John Dillinger igual a quê?

O beatnik se levantou e foi beber água no chafariz crucificado na parede do mictório de tijolos, mais para o lado dos cavalheiros do que do das damas. Ele precisava fazer descerem garganta abaixo todos aqueles pastéis de maçã.

Tinha três borrifadores regando o parque. Um na frente da estátua de Benjamin Franklin, um ao lado e outro atrás. Todos eles giravam. Através da água eu via Benjamin Franklin pacientemente ereto.

O borrifador ao lado de Benjamin Franklin acertava a árvore da esquerda. Ele regava o tronco com afinco e derrubava algumas folhas da árvore, depois passava à arvore do centro, regava o tronco com afinco e mais folhas caíam. Depois regava Benjamin Franklin, a água batendo dos lados da pedra e formando uma névoa. Benjamin Franklin ficou com os pés molhados.

O sol brilhava forte acima de mim. Era um sol claro e quente. Depois de algum tempo o sol me fez pensar em meu desconforto. A única sombra era do beatnik.

A sombra descia da estátua esculpida por Lillie Hitchcock Coit, estátua de um bombeiro de metal que salvava uma mulher de metal de um incêndio *mental*. O beatnik deitou no banco e a sombra ficou meio metro mais comprida do que ele.

Um amigo meu fez um poema sobre essa estátua. Eu gostaria que ele fizesse outro poema sobre essa estátua para que ela me desse uma sombra meio metro mais comprida do que eu.

Eu estava certo quanto a "A Mulher de Vermelho": dez minutos depois eles estouravam John Dillinger na caixa de areia. O barulho da metralhadora espantou os pombos, que foram procurar refúgio na igreja.

Minha filha foi vista saindo em um grande carro preto logo depois. Ela ainda não falava, mas isso não importa. Foi o vestido vermelho.

O corpo de John Dillinger ficou metade dentro e metade fora da caixa de areia, mais para o lado das damas do que dos cavalheiros. Ele vazava sangue como aquelas cápsulas que usávamos com óleomargarina nos bons tempos em que o óleo era branco como banha.

O grande carro preto partiu e subiu a rua, as luzes de aviso ligadas. Parou na sorveteria da esquina das ruas Filbert e Stockton.

Um agente saiu, entrou na sorveteria e comprou duzentas casquinhas duplas de sorvete. Precisou de um carrinho de mão para levá-las para o carro.

A ÚLTIMA VEZ QUE VI PESCAR TRUTA NA AMÉRICA

A última vez que nos encontramos foi em julho, no rio Big Wood, a quinze quilômetros de Ketchum. Foi pouco depois de Hemingway ter se matado lá, mas eu não sabia disso. Só fiquei sabendo quando voltei a São Francisco semanas depois e peguei a *Life Magazine*. Tinha uma foto de Hemingway na capa.

Que será que Hemingway anda aprontando, me perguntei. Olhei dentro da revista e encontrei a morte dele. Pescar Truta na América se esqueceu de me contar isso. Tenho certeza que ele sabia. Ele deve ter se esquecido.

A mulher que viaja comigo teve cólica menstrual. Para ela descansar um pouco peguei o bebê e o molinete e desci para o rio Big Wood. Foi lá que encontrei Pescar Truta na América.

Lancei uma Super-Duper no rio e deixei ela descer na corrente para depois puxar até a margem. Ela ficou tremulando na superfície. Pescar Truta na América olhava o bebê enquanto conversávamos.

Lembro-me que ele deu ao bebê umas pedras coloridas para brincar. O bebê gostou dele e subiu no colo dele e ficou pondo as pedras no bolso da camisa.

Falamos de Great Falls, Montana. Falei de um inverno que passei quando criança em Great Falls.

— Foi durante a guerra. Vi um filme de Deanna Durbin sete vezes — eu disse.

O bebê pôs uma pedra azul no bolso da camisa de Pescar Truta na América, e ele disse:

— Estive muitas vezes em Great Falls. Lembro de índios e mercadores de peles. Lembro de Lewis e Clark, mas não lembro de ter visto um filme de Deanna Durbin em Great Falls.

— Entendo — eu disse. — As outras pessoas de Great Falls não tinham o meu entusiasmo por Deanna Durbin. O cinema estava sempre vazio. Aquele cinema tinha um escuro diferente do de outros cinemas que conheci depois. Talvez fosse a neve do lado de fora e Deanna Durbin lá dentro. Não sei bem.

— Como se chamava o filme? — perguntou Pescar Truta na América.

— Não sei. Ela cantava muito. Talvez ela fosse uma cantora de coral que queria fazer faculdade ou ela era uma menina rica ou precisavam de dinheiro para algum projeto ou foi alguma coisa que ela fez. Fosse por que fosse, ela cantava! E cantava! Mas não me lembro de uma palavra do filme.

"Uma tarde, depois de ter visto o filme de Deanna Durbin mais uma vez, fui ao rio Missouri. Parte do Missouri estava congelada. Tinha uma ponte de estrada de ferro. Fiquei muito tranquilizado ao ver que o rio Missouri não tinha mudado e começara a se parecer com Deanna Durbin.

"Tive uma fantasia infantil de descer até o rio Missouri e ele estar justamente como um filme de Deanna Durbin — uma cantora de coral que queria fazer faculdade ou ela era uma menina rica ou precisavam de dinheiro para algum projeto ou foi alguma coisa que ela fez.

"Até hoje não sei por que vi aquele filme sete vezes. Era assustador como O *Gabinete do Doutor Caligari*. Será que o rio Missouri ainda está lá?"

— Está — disse Pescar Truta na América sorrindo.
— Mas não se parece com Deanna Durbin.

Nessa altura o bebê já havia posto bem uma dúzia de pedras coloridas no bolso da camisa de Pescar Truta na América. Ele olhou para mim, sorriu e esperou que eu continuasse falando de Great Falls, mas aí senti uma fisgada na Super-Duper. Dei o safanão na vara e perdi o peixe.

— Conheço esse peixe que beliscou — disse Pescar Truta na América. — Você não vai pegá-lo.

— Não brinque.

— Desculpe — disse Pescar Truta na América.
— Continue tentando. Ele vai beliscar umas duas vezes mais, escapando sempre. Ele não é superesperto. Só tem sorte. Às vezes é a sorte que vem em socorro.

— É. Você está certo.

Lancei o anzol de novo e continuei falando de Great Falls.

Na ordem certa relacionei as doze coisas menos importantes já ditas sobre Great Falls, Montana. Para a décima segunda e a menos importante de todas, eu disse:

— O telefone tocava de manhã. Eu me levantava. Não precisava atender o telefone. Isso já havia sido feito com anos de antecedência.

"Lá fora ainda estava escuro e o papel de parede amarelo do quarto do hotel estaria escorrendo da lâmpada do teto. Eu me vestia e descia para o restaurante onde meu padrasto cozinhava a noite toda.

"Eu tomava café com pãezinhos quentes, ovos etc. Depois meu padrasto preparava o almoço para mim, e seria sempre o mesmo: um pedaço de empadão e um sanduíche de carne de porco de uma frieza de pedra. Depois eu ia para a escola. Quero dizer, nós três, a Santíssima Trindade: eu, o pedaço de empadão e o sanduíche de carne de porco de uma frieza de pedra. Isso durou meses.

"Felizmente isso acabou um dia sem que eu precisasse tomar nenhuma providência séria, como crescer. Pegamos nossas tralhas e fomos embora da cidade de ônibus. Assim era Great Falls, Montana. Você disse que o rio Missouri ainda está lá?"

— Está. Mas não se parece com Deanna Durbin. Me lembro do dia que Lewis descobriu as cachoeiras. Deixaram o acampamento ao amanhecer e poucas horas depois chegaram a uma bela planície e nela havia búfalos em quantidade jamais vista em um lugar só.

"Continuaram andando até que ouviram os estrondos distantes de uma cachoeira e viram uma distante coluna de espuma se elevando e desaparecendo. Caminharam na direção do estrondo, que ia ficando cada vez mais alto. Quando o estrondo ficou fortíssimo eles já estavam nas grandes cachoeiras do rio Missouri. Era mais ou menos meio-dia.

"Uma coisa boa aconteceu aquela tarde. Eles foram pescar abaixo das cachoeiras e pegaram meia dúzia de trutas, e muito boas, de sessenta centímetros de comprimento. Isso foi no dia 13 de junho de 1805.

"Não, não creio que Lewis entenderia se o rio Missouri de repente ficasse parecido com um filme de Deanna Durbin, com uma cantora de coral que queria fazer faculdade — disse Pescar Truta na América.

NA FLORA CALIFORNIANA

Voltei de Pescar Truta na América para casa. A estrada passou sua longa âncora macia em meu pescoço e parou. Agora moro aqui. Levei a vida toda para chegar aqui, a esta estranha cabana no alto de Mill Valley.

Estamos hospedados com Pard e sua companheira. Eles alugaram uma cabana por três meses, de 15 de junho a 15 de setembro, por cem dólares. Formamos uma boa trupe.

Pard nasceu em uma família do Oklahoma na Nigéria britânica e veio para a América com dois anos e foi criado em fazendas em Oregon, Washington e Idaho.

Foi atirador na Segunda Guerra Mundial contra os alemães. Lutou na França e na Alemanha. Sargento Pard. Quando voltou da guerra, cursou uma faculdade qualquer em Idaho.

Terminado o curso, foi para Paris ser Existencialista. Ele tem uma foto que tirou sentado com Existencialismo na calçada de um café. Pard tinha barba

175

e parecia carregar uma alma enorme, que quase não cabia no corpo dele.

Quando Pard voltou de Paris para a América, trabalhou num rebocador na baía de São Francisco e como ferroviário na rotunda de Filer, Idaho.

É claro que no meio disso tudo ele se casou e teve um filho. A mulher e o filho se foram, soprados como maçãs pelo vento errático do século XX. Acho que pelo vento errático de todos os tempos. A família que se desmontou no outono.

Depois da separação ele foi para o Arizona e trabalhou como repórter e editor de jornais. Frequentou tavernas em Naco, cidade na fronteira do México, bebeu Mescal Triunfo, jogou baralho e deixou o telhado da casa onde morava todo perfurado de balas.

Pard conta que, ao acordar uma manhã em Naco, cercado de ressaca, vendo cobrinhas e ouvindo tinidos, viu um amigo sentado à mesa, ao lado de uma garrafa de uísque.

Pard estendeu a mão e pegou uma arma que estava numa cadeira e apontou para a garrafa de uísque e fez fogo. O amigo ficou ali sentado, coberto de cacos de vidro, sangue e uísque.

— Que porra de brincadeira é essa? — perguntou.

Agora chegando à casa dos quarenta, Pard trabalha numa tipografia a um dólar e trinta e cinco por hora. É uma tipografia de vanguarda. Imprime poesia e prosa experimental. Pard ganha um dólar e trinta e cinco por hora para manejar uma linotipo. Linotipista a um dólar e trinta e cinco por hora é difícil de se encontrar, a não ser em Hong Kong ou na Albânia.

Às vezes quando ele chega para o trabalho falta até chumbo. Os donos compram chumbo como compram sabão, uma barra ou duas de cada vez.

A companheira de Pard é judia. Vinte e quatro anos, saindo de uma hepatite aguda. Ela brinca com Pard a respeito de uma foto dela nua que tem chance de sair na *Playboy*.

— Você não precisa se preocupar — diz ela. — Se eles publicarem a minha foto, só o que vai acontecer é que doze milhões de homens olharão para os meus peitos.

Ela acha isso engraçado. Os pais dela são ricos. Ao mesmo tempo que fica sentada na outra sala da flora californiana, ela está também na folha de pagamento do pai em Nova York.

O que comemos é engraçado, e o que bebemos é ainda mais hilariante: peru, vinho do porto Gallo, cachorro-quente, melancia, pipocas Popeye, croquete de salmão, milkshake, porto Christian Brothers, pão de centeio com laranja, melão, mais pipoca Popeye, salada, queijo — comes e bebes e mais pipoca Popeye.

Popeye?

Lemos livros assim: *Diário de um ladrão, Ponha fogo nesta casa, O almoço nu*, Kraft-Ebing. Lemos

Kraft-Ebing em voz alta o tempo todo como se ele fosse um jantar Kraft.

"O prefeito de uma cidadezinha ao leste de Portugal foi visto uma manhã levando para a prefeitura um carrinho de mão cheio de órgãos sexuais. Era de uma família de tarados. No bolso de trás ele tinha um sapato de mulher. A noite inteira ele andou com aquele sapato no bolso." Coisas assim nos fazem rir.

A dona desta cabana vai voltar no outono. Está passando o verão na Europa. Quando voltar, ela só vai ficar aqui um dia por semana: o sábado. Nunca passa a noite porque tem medo. Aqui tem alguma coisa que a amedronta.

Pard e a companheira dormem na cabana, e o bebê dorme no porão, e nós dormimos fora, debaixo da macieira. Acordamos de madrugada para olhar a baía de São Francisco, depois voltamos a dormir e acordamos mais uma vez, agora porque uma coisa muito estranha aconteceu. Depois que ela acontece dormimos de novo e acordamos ao nascer do sol para olhar a baía.

Em seguida dormimos de novo e o sol sobe firme hora após hora, parando nos galhos dos eucaliptos que ficam a meia encosta, mantendo-nos no fresco, dormindo na sombra. Por fim o sol se derrama na copa da árvore, e precisamos levantar, o sol quente em cima de nós.

Entramos na casa e começamos aquelas duas horas de atividade arrastada que chamamos café. Ficamos sentados e vamos lentamente recuperando a consciência, tratando-nos como peças de fina porcelana chinesa, e quando terminamos a última xícara da última xícara da última xícara de café é hora de pensar no almoço ou de ir ao Goodwill em Fairfax.

Pois é. Aqui estamos, vivendo na flora californiana acima de Mill Valley. Poderíamos olhar bem no olho da rua principal de Mill Valley se não fosse o eucalipto. Deixamos o carro a cem metros de distância e chegamos aqui por um caminho em forma de túnel.

Se todos os alemães que Pard matou na guerra com sua metralhadora viessem aqui uniformizados e tomassem posição em volta da cabana, íamos ficar muito nervosos.

No caminho temos o doce e cálido cheiro de amora silvestre, e no fim da tarde codornizes se juntam em volta de uma árvore que caiu nupcialmente atravessando o caminho. Às vezes vou lá e enxoto as codornizes. Só faço isso para vê-las voar. São aves bonitas. Elas abrem as asas e velejam morro abaixo.

Ah, aquela nasceu para ser rainha! Aquela que se ergue da giesta escocesa e passa por cima de um carro revirado e abandonado na grama amarela. Aquela, de asas cor de cinza.

Um dia na semana passada, a meio caminho da aurora, acordei debaixo da macieira ouvindo latidos de cachorro e o barulho de cascos se aproximando. O milênio? Uma invasão de russos usando pés de veado?

Abri os olhos e vi um veado correndo para cima de mim. Um adulto de chifres enormes. Atrás dele corria um cachorro policial.

Aiquemerdafodeu! Barulhopápápápá! PÁ! PÁ!

O bicho não desviou. Continuou correndo para cima de mim. Muito depois de ter me visto, um segundo ou dois antes.

Aiquemerdafodeu! Barulhopápápápá! PÁ! PÁ!

Se eu tivesse estendido a mão teria tocado nele quando ele passou.

O veado correu em volta da casa, depois em volta da cabine da privada, sempre com o cachorro atrás dele. Finalmente subiram o morro e sumiram. Mas deixaram para trás tiras de papel higiênico, esvoaçando e se enrolando em moitas e arbustos.

Depois foi a vez da fêmea. Ela começou do mesmo jeito, mas não com a mesma velocidade. Talvez tivesse morangos na cabeça.

Achei demais. Afinal eu não estava ali vendendo jornais!

A veada parou a uns dez metros de distância. Depois virou e desceu a encosta dos eucaliptos.

Assim tem sido ultimamente. Acordo um pouco antes da chegada deles. Acordo para eles como acordo para o nascer do sol e o novo dia. De repente sabendo que vão chegar.

ÚLTIMA REFERÊNCIA AO ANÃO DA PESCA DE TRUTA NA AMÉRICA

Sábado foi o primeiro dia de outono e havia festa na igreja de São Francisco. O dia estava quente e a roda-gigante girava como um termômetro entortado em um círculo e dotado da graça da música.

Mas tudo isso remonta a outro tempo, a quando minha filha foi concebida. Tínhamos acabado de mudar para um novo apartamento e a eletricidade ainda não estava ligada. Estávamos cercados de caixas e havia uma vela queimando como leite em um pires. Então demos uma, e temos certeza de que demos a certa.

Um amigo dormia em outro quarto. Em retrospecto espero que ele não tenha acordado, embora ele tenha sido acordado e tenha dormido de novo centenas de vezes depois.

Durante a gravidez eu olhava inocentemente aquele crescente centro humano e não fazia ideia de que a criança ali contida conheceria um dia o Anão da Pesca de Truta na América.

Sábado à tarde fomos à Washington Square. Pusemos a menina na grama e ela saiu correndo na direção do Anão da Pesca de Truta na América, que estava sentado sob as árvores perto da estátua de Benjamin Franklin.

Ele estava no chão, encostado na árvore da direita. Havia salsichas de alho e fatias de pão no assento da cadeira de rodas como se ela fosse um mostruário de alguma estranha mercearia.

A menina correu e tentou apanhar uma salsicha.

O Anão da Pesca de Truta na América ficou imediatamente alerta, mas quando viu que era uma criança, descansou. Tentou atraí-la para que ela sentasse no colo sem pernas dele. Ela se escondeu atrás da cadeira de rodas, olhando para ele por entre o metal, segurando uma roda com uma das mãos.

— Vem cá, nenê — disse ele. — Vem ver o Anão da Pesca de Truta na América.

Foi quando a estátua de Benjamin Franklin ficou verde como um sinal de trânsito, e a menina viu a caixa de areia na outra extremidade do parque.

De repente a caixa de areia pareceu melhor do que o Anão da Pesca de Truta na América. Ela não ligou mais para as salsichas.

Ela resolveu aproveitar a luz verde e atravessou na direção da caixa de areia.

O Anão da Pesca de Truta na América ficou olhando-a de olhos arregalados como se o espaço entre eles fosse um rio que aumentasse continuamente de largura.

PASSEATA PESCAR TRUTA
NA AMÉRICA PRÓ-PAZ

Em São Francisco, na Páscoa do ano passado, *eles* promoveram uma passeata Pescar Truta na América Pró-Paz. *Eles* encomendaram milhares de adesivos vermelhos e *eles* pregaram cada adesivo em seus carrinhos estrangeiros e em meios de comunicação nacional como orelhões telefônicos.

Os adesivos exibiam a frase PASSEATA PESCAR TRUTA NA AMÉRICA PRÓ-PAZ.

Depois esse bando de universitários e ginasianos instruídos por comunistas, ao lado de alguns pastores comunistas e seus filhos doutrinados no marxismo, marcharam de Sunnyvale, um centro comunista ativo, para São Francisco.

Levaram quatro dias para chegar a São Francisco. Paravam a cada noite em uma cidade do caminho e dormiam nos gramados de simpatizantes.

Portavam propaganda comunista Pescar Truta na América Pró-Paz em faixas que diziam:

"NÃO JOGUE BOMBA H NO BURACO DE PESCAR!"

"ISAAC WALTON CONDENARIA A BOMBA!"

"UMA BOA ISCA, SIM! MÍSSEIS NUCLEARES, NÃO!"

Levavam muitos outros chamarizes Pescar Truta na América Pró-Paz, todos seguindo a linha comunista de conquista do mundo: o cavalo de Troia da não violência gandhiana.

Quando esses jovens militantes da conspiração comunista linha dura de cérebro lavado chegaram na zona de São Francisco onde vivem os emigrados de Oklahoma, todos comunistas, milhares de outros comunistas os esperavam. Eram comunistas que não podiam andar muito. Mal tinham energia para ir ao centro da cidade.

Milhares de comunistas protegidos pela polícia marcharam para a Union Square, no centro de São Francisco. Os distúrbios comunistas na prefeitura em 1960 são prova dessa proteção. A polícia deixou centenas de comunistas escaparem, mas a passeata Pescar Truta na América Pró-Paz foi a prova escancarada: houve proteção policial.

Milhares de comunistas marcharam para o coração de São Francisco, e oradores comunistas os incitaram durante horas e os jovens já queriam explodir a Torre Coit, só não explodiram porque o clero comunista os aconselhou a largar os explosivos de plástico.

"Não fazei aos outros o que não quereis que vos façam... Não precisamos de explosivos", disseram.

A América não necessita de mais provas. A sombra vermelha do cavalo de Troia da não violência gandhiana caiu sobre a América, e São Francisco é o estábulo.

Obsoleto ficou o bombom de chocolate, chamariz lendário do estuprador. Agora, neste momento, agentes comunistas estão distribuindo folhetos Pescar Truta na América Pró-Paz para inocentes crianças nos bondes.

CAPÍTULO DE RODAPÉ A "LÁBIO VERMELHO"

Morando na flora californiana não tínhamos serviço de coleta de lixo. Pela manhã nosso lixo nunca recebia cumprimentos de um homem de sorriso espalhado na cara e uma ou duas palavras gentis. Não podíamos queimar o lixo quando estávamos na estação seca e tudo fica aflito para pegar fogo, inclusive nós. O lixo foi um problema por algum tempo, depois descobrimos o que fazer com ele.

Levávamos o lixo para um lugar onde havia três casas abandonadas. Levávamos sacos cheios de latas, papel, cascas, garrafas etc.

Parávamos na última casa da fila, onde havia milhares de recibos do *Chronicle* de São Francisco espalhados na cama e as escovas de dentes das crianças ainda estavam no armário do banheiro.

Atrás da casa havia um banheiro velho e para se chegar até ele era preciso descer um caminho entre macieiras e moitas de umas plantas estranhas que poderiam ser tanto algum tempero capaz de realçar o gosto de qualquer comida quanto alguma variedade da terrível dama-da-noite, que diminuiria a nossa necessidade de fazer comida.

Levávamos o lixo para o banheiro e sempre abríamos a porta vagarosamente porque esse era o único jeito de abri-la, e na parede tinha um rolo de papel higiênico tão velho que parecia um parente, talvez um primo, da Magna Carta.

Levantávamos a tampa do vaso e despejávamos o lixo nas trevas. Isso foi feito durante semanas e semanas, até que começou a ser engraçado levantar a tampa do vaso e em vez de encontrar trevas ou talvez os escuros contornos do lixo, víamos um lixo insofismável e luxuriante empilhado até o topo.

Um estranho que entrasse ali para dar uma inocente cagada teria uma bela surpresa ao levantar aquela tampa.

Deixamos a flora californiana pouco antes de ser preciso subir no vaso e pisar naquele buraco para empurrar o lixo para o abismo como uma sanfona.

O FERRO-VELHO DE CLEVELAND

Até recentemente eu só conhecia o ferro-velho de Cleveland pelo que falavam uns amigos que haviam comprado coisas lá. Um amigo comprou uma janela enorme: caixilhos, vidros e tudo por uns poucos dólares. Era uma janela belíssima.

Ele abriu um buraco na parede lateral da casa em Potrero Hill e instalou a janela. Agora ele tem uma vista panorâmica do Hospital Municipal de São Francisco.

Ele consegue praticamente ver dentro das enfermarias e olhar velhas revistas erodidas como o Grand Canyon por infindáveis leituras. Consegue praticamente ouvir os doentes pensando no café da manhã: *detesto leite*; e no jantar: *detesto ervilhas*. Depois consegue ver o hospital se afogar lentamente à noite, enlaçado inapelavelmente por cachos de algas de tijolos.

Ele comprou a janela no ferro-velho de Cleveland.

Outro amigo meu comprou um telhado de ferro vermelho no ferro-velho de Cleveland e levou-o para

Big Sur numa camionete velha e de lá carregou-o nas costas até a encosta de um morro. Aguentou metade do telhado nas costas. Não foi um piquenique. Depois arranjou um burro, George, em Pleasanton. George carregou a outra metade do telhado.

O burro não gostou nada daquilo. Perdeu peso devido aos carrapatos, e o cheiro dos gatos do mato no platô o deixava nervoso demais para pastar. Meu amigo disse de brincadeira que George tinha perdido cem quilos. As vinhas de Pleasanton em Livermore Valley provavelmente teriam agradado mais a George do que o lado selvagem da Montanha Santa Lucia.

A casa de meu amigo era um rancho que ficava bem ao lado de uma enorme lareira onde outrora havia uma grande mansão construída nos anos de 1920 por um famoso ator de cinema. A mansão foi construída antes de haver estrada em Big Sur. E foi levada montanha acima em lombo de burros, em tropa como formigas, transportando visões do bom-viver aos espinheiros, aos carrapatos e ao salmão.

Ela ficava num promontório acima do Pacífico. Nos anos 1920 o dinheiro via longe, podia-se olhar para fora e ver baleias, o Havaí e o Kuomintang na China.

A mansão pegou fogo há anos.

O ator morreu.

Os burros dele viraram sabão.

As amantes dele viraram ninhos de rugas.

Só a lareira ficou, como uma espécie de homenagem cartaginesa a Hollywood.

Estive lá recentemente para ver o telhado do meu amigo. Não perderia isso nem por um milhão de dólares, como costumam dizer. O telhado parecia um coador. Se aquele telhado e a chuva disputassem uma corrida em Bay Meadows eu apostaria na chuva e iria gastar a bolada na Feira Mundial de Seattle.

Meu contato pessoal com o ferro-velho de Cleveland começou há dois dias, quando eu soube que um riacho de truta estava à venda lá. Tomei um ônibus 15 na avenida Columbus e fui lá pela primeira vez.

Havia dois meninos negros atrás de mim no ônibus. Falavam de Chubby Checker e de twist. Eles pensavam que Chubby Checker tinha só quinze anos porque não tinha bigode. Depois falaram de um outro cara que dançou twist quarenta e quatro horas a fio até ver George Washington cruzando o Delaware.

— Cara, isso é que é dançar twist — disse um.

— Eu não seria capaz de dançar twist quarenta e quatro horas a fio — disse o outro. — É twist demais.

Saltei do ônibus perto de um posto de gasolina abandonado e de um lava-a-jato abandonado. Ao lado do posto havia um grande terreno. O terreno um dia, durante a guerra, foi coberto por um projeto habitacional para trabalhadores da construção naval.

Do outro lado do posto de gasolina fica o ferro--velho de Cleveland. Entrei para ver o riacho de truta usado. O ferro-velho de Cleveland tem uma vitrine comprida, cheia de letreiros e mercadorias.

Havia um letreiro anunciando uma máquina de lavar e passar roupa por sessenta e cinco dólares. O preço de uma nova era cento e setenta e cinco. Puta economia.

Outro letreiro anunciava guinchos novos e usados de duas e três toneladas. Fiquei imaginando quantos guinchos seriam necessários para transportar um riacho de trutas.

Outro letreiro dizia:

CENTRO DE PRESENTES PARA A FAMÍLIA,
SUGESTÕES DE PRESENTES PARA
TODA A FAMÍLIA

A vitrine tinha centenas de coisas para toda a família. *Papai, sabe o que vou querer no Natal? O quê, filho? Um banheiro. Mamãe, sabe o que vou querer para o Natal? O quê, Patrícia? Material para servir de telhado.*

Na vitrine havia redes de acampamento para parentes distantes dormirem e latas de tinta cor de terra para outros entes queridos a um dólar e dez.

Outro letreiro grande dizia:

RIACHO DE TRUTA USADO À VENDA
VEJA PARA CRER

Entre e olhei umas lanternas de navio que estavam perto da porta. Veio um vendedor e falou com voz agradável: "Em que posso servi-lo?"

— Seguinte — eu disse. — Estou curioso para saber mais sobre o riacho de truta que vocês estão vendendo. Queria umas explicações. Como é que vocês o vendem?

— A metro linear. O senhor pode comprar quantos metros quiser ou levar tudo o que temos. Um senhor esteve aqui de manhã e comprou 138 metros. Vai dá-los de presente de aniversário à sobrinha.

"As cachoeiras são vendidas à parte. As árvores e pássaros, flores, vegetação rasteira também são opcionais. Os insetos damos de bonificação a quem compra um mínimo de três metros de riacho."

— Por quanto estão vendendo o riacho? — perguntei.

— A dois dólares e vinte o metro. Esse é o preço para trinta metros. Daí em diante o preço cai para um dólar e setenta por metro.

— E os pássaros?

— Trinta e cinco centavos por cabeça. Mas são usados. Nada podemos garantir.

— Qual a largura do riacho? O senhor disse que vende a metro linear?

— É. Estamos vendendo a metro linear. A largura varia entre um metro e setenta e quatro metros. O preço é o mesmo independentemente da largura. Não é um grande riacho, mas é muito aprazível.

— Que espécies de animais os senhores têm?

— Agora só nos restam três veados.

— Ah... E flores?

— Vendemos a dúzia.

— A água é limpa?

— Senhor, não queremos que o senhor pense que lhe venderíamos um riacho de trutas barrento. Antes de deslocarmos o riacho fazemos questão de nos certificar de que a água é cristalina.

— De onde veio esse riacho?

— Do Colorado. Nós o transportamos com todo o cuidado. Com carinho mesmo. Nunca danificamos um riacho de trutas. Nós os tratamos como se fossem porcelana chinesa.

— O senhor deve estar cansado de responder a esta pergunta, mas como é a pesca no riacho?

— Muito boa. Predominam as pardas alemãs, mas tem algumas arco-íris também.

— E as trutas, quanto custam?

— Elas vão com o riacho. Claro que depende de sorte. Nunca se sabe quantas se vai levar, nem o tamanho delas. Mas a pesca é muito boa, digo até que é excelente. Tanto para isca como para engodo — disse ele sorrindo.

— Onde está o riacho? Gostaria de dar uma olhada.

— Lá no fundo. Passando por esta porta o senhor vira à direita até chegar lá fora. Está empilhado em seções. Não há como errar. As cachoeiras estão lá em cima, na seção de encanamentos usados.

— E os animais?

— Bem, o que resta deles está lá no fundo, atrás do riacho. O senhor vai ver um monte de caminhões estacionados numa estrada junto aos trilhos de trem. Vire à direita na estrada e vá seguindo até passar a pilha de madeiras. O galpão dos animais fica no fim do terreno.

— Muito obrigado. Acho que vou ver as cachoeiras primeiro. O senhor não precisa me acompanhar. Basta indicar o caminho que eu chego lá.

— Muito bem. Suba esta escada. O senhor vai ver um amontoado de portas e janelas. Vire à esquerda e chegará à seção de encanamentos usados. Se precisar de mim, aqui está o meu cartão.

— Está bem. O senhor foi muito gentil. Muito obrigado. Vou dar uma olhada por aí.

— À vontade.

Subi a escada e dei com milhares de portas. Eu nunca tinha visto tantas portas. Com aquelas portas podia-se construir uma cidade inteira. Portópolis. E as janelas dariam para construir um bairro só de janelas. Janelavile.

Virei à esquerda, voltei e vi um bruxuleio de luz cor de pérola. A luz aumentava mais e mais à medida que eu me aproximava, e me vi em plena seção de encanamentos usados, cercado por centenas de lavatórios.

Estavam em pilhas de cinco. Acima dos lavatórios havia uma claraboia que os fazia brilhar como a Grande Pérola Tabu dos filmes dos Mares do Sul.

Empilhadas de encontro à parede estavam as cachoeiras. Havia bem uma dúzia delas, de uma simples queda de poucos metros a uma queda de dez a
quinze metros.

Havia uma cachoeira de mais de vinte metros.
Os pedaços das grandes cachoeiras tinham etiquetas
indicando a maneira correta de montá-las de novo.

Todas as cachoeiras tinham etiquetas de preço.
Custavam mais do que o riacho. As cachoeiras custavam cinquenta dólares o metro.

Passei a outro cômodo onde havia pilhas de madeira emitindo um fulgor amarelo suave devido à
cor diferente da claraboia que ficava acima de tudo.
Nas sombras da extremidade da sala que ficava sob
o telhado inclinado havia muitas pias e urinóis em-
poeirados e outra cachoeira, essa de uns seis metros,
enfiada ali em dois pedaços e já começando a juntar
poeira.

Depois de ter visto tudo o que queria das cachoeiras, estava na hora de ver o riacho. Segui as instruções
do vendedor e me vi fora do prédio.

Oh, em toda a minha vida eu nunca tinha visto
uma coisa como aquele riacho de trutas. Estava arru-
mado em pilhas de vários comprimentos: de três, de
cinco, de dez metros etc. Tinha uma pilha de pedaços
de trinta e cinco metros. Havia também uma caixa de
retalhos. Os retalhos eram de tamanhos variados,
de quinze centímetros a um metro e pouco.

De um alto-falante do lado do edifício vinha uma música suave. O dia estava nublado, gaivotas circulavam alto no céu.

Atrás do riacho havia grandes feixes de árvores e arbustos. Estavam cobertos com lona remendada. Podiam-se ver copas e raízes aparecendo nas pontas dos feixes.

Cheguei perto e olhei os pedaços de riacho. Cheguei a ver umas trutas. Vi um peixe bacana. E também uns bagres grudados às pedras do fundo.

Parecia mesmo um bom riacho. Mergulhei a mão na água. Era fria e agradável ao tato.

Resolvi dar a volta para ver os animais. Passei pelos caminhões estacionados junto aos trilhos de trem. Fui andando até passar a pilha de madeira, antes do fim do terreno, onde ficava o galpão dos animais.

O vendedor estava certo. Eles estavam praticamente desprovidos de animais. Só o que tinham em grande quantidade eram ratos. Centenas de ratos.

Perto do galpão tinha uma grande gaiola de arame, talvez de vinte metros de altura, cheia de pássaros de espécies variadas. O topo da gaiola estava coberto com uma lona para os pássaros não se molharem em caso de chuva. Pica-paus, canários selvagens e pardais.

De volta ao lugar das pilhas de riacho encontrei os insetos. Ficavam num edifício de aço pré-fabricado que estava à venda a dois dólares e quarenta o metro quadrado. Acima da porta uma tabuleta informava

INSETOS

MEIO DOMINGO DE HOMENAGEM A UM LEONARDO DA VINCI INTEIRO

Neste pútrido dia de inverno nesta São Francisco chuvosa tive uma visão de Leonardo da Vinci. Minha mulher está trabalhando como escrava, não tem folga nem no domingo. Saiu às oito da manhã para a esquina das ruas Powell e Califórnia. Desde então estou sentado aqui como sapo numa tora sonhando com Leonardo da Vinci.

Sonhei que ele trabalhava para a Companhia Ferragista de South Bend, mas, é claro, usando roupas diferentes e falando de maneira diferente e tendo tido uma infância diferente, talvez uma infância americana em lugares como Lordsburg, no Novo México, ou Winchester, na Virgínia.

Eu o vi inventar um novo engodo giratório para pescar truta na América. Eu o vi primeiro trabalhando com a imaginação, depois com metal e tintas e anzóis, experimentando ora um pouco disso, ora um pouco daquilo, depois juntando movimento, depois tirando, depois juntando um movimento diferente, até inventar o engodo.

Aí ele chamou os patrões. Os patrões olharam o engodo e desmaiaram. Todos. Sozinho, pisando nos corpos deles, Leonardo ergueu o engodo à altura dos olhos e o batizou. Eu te batizo "A última ceia". Depois começou a acordar os patrões.

Em questão de meses o engodo de pescar truta se tornou a sensação do século XX, deixando para trás feitinhos triviais como Hiroxima ou Mahatma Gandhi. Milhões de "A última ceia" foram vendidos na América. O Vaticano encomendou dez mil, apesar de lá não ter truta.

Choveram atestados de qualidade. Trinta e quatro ex-presidentes dos Estados Unidos atestaram: "Pesquei minha cota com 'A última ceia'."

BICO DE PENA DE PESCAR
TRUTA NA AMÉRICA

Ele foi a Chenault, que fica na parte leste de Oregon, cortar árvores de Natal. Trabalhava para uma empresa bem pequena. Cortava as árvores, fazia a comida e dormia no chão da cozinha. Era uma época fria e tinha neve no chão. O chão era duríssimo. Um dia, sem mais nem menos, ele achou uma velha jaqueta de voo da Força Aérea. Foi uma mão na roda contra o frio.

A única mulher com quem ele podia transar ali era uma pele-vermelha de cento e dez quilos. A índia tinha duas filhas gêmeas de quinze anos. Ele queria trepar com as duas, mas a índia manobrou as coisas de maneira que ele só trepou com ela. Ela era muito esperta nessas coisas.

O pessoal para quem ele trabalhava não lhe pagava. Disseram que pagariam tudo de uma vez quando voltassem a São Francisco. Ele aceitou o trabalho porque estava quebrado, na pior.

Ele esperava e cortava árvores na neve, transava com a índia, fazia uma comida infame — a firma andava mal de finanças — e lavava a louça. Depois do trabalho dormia no chão da cozinha vestido com a jaqueta de voo da Força Aérea.

Quando finalmente voltaram para São Francisco com as árvores, os caras da firma não tinham dinheiro para lhe pagar. Ele teve que ficar esperando no depósito em Oakland até venderem uma quantidade de árvores que desse para lhe pagar.

— Veja que árvore linda, madame.

— Quanto?

— Dez dólares.

— É caro.

— Temos ainda uma linda árvore de dois dólares, madame. É apenas meia árvore, mas posta na frente de uma parede ela ganha muito, madame.

— Fico com ela. Vou colocá-la ao lado do barômetro. Esta árvore é da cor do vestido da rainha. Fico com ela. O senhor disse dois dólares?

— Correto, madame.

— Alô! Sim, senhor... Ah... Sim, senhor... O senhor quer enterrar sua tia com uma árvore de Natal no caixão?. Ah... Ela queria assim... Vou ver o que posso fazer, cavalheiro. Ah, o senhor tem as medidas do caixão? Muito bem... Temos em estoque árvores de Natal tamanho caixão.

Finalmente ele recebeu o pagamento e veio para São Francisco. O que ele fez? Uma boa refeição no Le Boeuf, bebeu bastante Jack Daniels, depois foi ao Fillmore e pegou uma prostituta negra, jovem e bonita, e levou-a para o hotel Alberto Bacon Fall.

No dia seguinte foi a uma papelaria sofisticada de Market Street e comprou uma caneta-tinteiro de trinta dólares, daquelas de pena de bico de ouro.

Ele me mostrou a caneta e disse: "Escreva com ela, mas sem pôr força porque a pena tem bico de ouro, e bico de ouro é muito impressionável. Depois de algum tempo ela adquire a personalidade de quem escreve, e ninguém mais consegue escrever com a pena. Esta pena fica sendo como a sombra da pessoa. É a única caneta que se deve ter. Mas tenha cuidado."

Fiquei pensando no lindo bico de pena que Pescar Truta na América não faria com um bocado de árvores verdes frescas da beira do rio, flores selvagens e barbatanas escuras prensadas no papel.

PRELÚDIO AO "CAPÍTULO DA MAIONESE"

"Os esquimós vivem no meio do gelo a vida inteira e não têm uma palavra para gelo." — *O primeiro milhão de anos do homem*, de M. F. Montagu.

"A linguagem do homem é em alguns pontos semelhante mas em outros completamente diferente de outras espécies de comunicação animal. Não temos nenhuma ideia da história evolucionária da linguagem, apesar das muitas especulações sobre suas possíveis origens. Temos, por exemplo, a teoria 'bou-bou', segundo a qual a linguagem começou com tentativas de imitar vozes animais. Ou a teoria 'dingue-dongue', que diz que a linguagem surgiu de reações sonoras naturais. Ou a teoria 'pu-pu', segundo a qual a linguagem começou com gritos e exclamações violentas... Não temos como saber se os espécimes de seres humanos representados pelos primeiros fósseis falavam ou não... A linguagem não deixa fósseis, pelo menos enquanto não se torna escrita..." — *O homem na natureza*, de Marston Bates.

"Nenhum animal em cima de uma árvore pode iniciar uma cultura." — "A base símia da mecânica humana", em *O crepúsculo do homem*, de Earnest Albert Hooton.

Expressando uma necessidade humana, eu sempre quis escrever um livro que terminasse com a palavra maionese.

O CAPÍTULO DA MAIONESE

3.2.1952

Queridos Florence e Harv:

Acabo de saber por Edith da morte de Mr. Good. Aceitem nosso pesar e nossa profunda solidariedade. Faça-se a vontade de Deus. Mr. Good viveu uma vida longa e útil e agora foi para um lugar melhor. Vocês esperavam por isso e foi bom que puderam vê-lo ontem, mesmo que ele não tenha reconhecido vocês.

Recebam nossas preces e o nosso amor.

Logo nos veremos.

Deus os abençoe.

Com amor,
Mamãe e Nancy.

P.S.

Desculpem, me esqueci de lhes dar a maionese.

Este livro foi composto na tipografia Sabon
LT Std, em corpo 12/17, e impresso em
papel off-white no Sistema Cameron da
Divisão Gráfica da Distribuidora Record.